JN199733

Your Song

Mr.Children

僕にとって「歌詞」とは？

（とってもとっても有難いことに）この全曲詩集が出版されるにあたり、歌詞へのこだわりや情熱を、言葉で皆さんに伝えられないものかと考えてはみたけれど、僕にとって「歌詞」とは、その範疇があまりに広すぎて、どんな風に考えをまとめたら良いのかさっぱり分からなくなってしまった。

「生きることとは？」

といった問いのように、辛いこともあれば、楽しいこともあるし。そもそも望んで生まれた訳ではない、けれど、自ら捨てる気にもなれないし。などなど。

ああでもない、こうでもない。

やはり問いかけの範疇が広すぎる。

寝酒にとワインをグラス一杯。

その瞬間に何かが閃いて、一時間ほどで完成するものもあれば、はたまた、どんなものを見ても聞いても触っても嗅いでも、すべて歌詞に結び付くようにと神経を張り巡らせて生活し、それでも一、二か月間、メロディにフィットする言葉が見付からずにいることもある。

夢の中で一曲完成させた時もあるし（ちなみにその夢を見るまでに一か月くらい歌詞が書けない悪夢にうなされている）、そもそも完成させることなど求めずに、ただ言葉を投げ散らかして遊んで、それで良しとする時もある。

だから、

歌詞に対してこだわりや情熱があるとも言えるし、実はとてもいい加減で何のメッセージもなく行き当たりばったりな側面もある。

「歌詞」とは？ だから、分からなくなる。

だって同じ歌詞でも、歌い手次第で伝わり方が違ってくるしね。

そう、

「歌」とは？ ならわかる!!

だって歌は大好きだ。いつも歌っている。

歌のほうが、言葉よりも早く的確に自分の気持ちを表現できることもある。

音楽に魅了されたばかりの中学、高校生の頃なんて、歌があればそれで良かった。

雨が降れば傘の代わりに歌を雨雲に向けて広げ、暑い夏の日は太陽光発電機のように歌と一緒にその熱を自分の中に取り込んだ。

ちなみにこの場合の「歌」は、僕が歌い手の「歌」だ。

わかりづらいよね。。。。説明します。

どこかのアーチストが歌う、僕の心に響く曲があるとする。

ヘッドフォンで何度も、メロディも歌詞も完璧に覚えるほど何度も聞いているうち、いつの間にかその歌は「僕の歌」になっていく。僕の生活の中で、僕の気持ちに寄り添ったり、感情を盛り上げたりするBGMになる。

僕の生活の中の主役は僕だから、この場合の「歌」も、歌い手はもちろん僕だ。

説明やめます。大事なことが今わかったから。

僕が歌詞を書くのは、誰かにとっての「歌」になりたいから。

カラオケでもいい。鼻歌でもいい。声に出さずに心の中で囁くだけの歌でもいい。

誰かにとっての傘であり、太陽光発電機であり、荒波を漕いでいくオールであり、共に旅するスニーカーであり、オアシスであり、砂漠であり、マシンガンであり、防弾チョッキであり、、、、、まぁ　なんであってもいい、あなたが主役の、あなたの「歌」になりたい。

どんな人生も、どんな命も、どんな出来事も素晴らしいのだと、その「歌」を歌っている間は思えるような、そんな歌になりたい。

この本を手にした人の部屋から、車の中から、生活の様々な場所から、あなたの歌が聞こえてくることを願って「Your Song」を届けます。

Mr.Children　桜井和寿

ロード・アイ・ミス・ユー

あの日からずっと　気が付いていたんだ
今まで何も　聞かずにいたけど

　途切れた受話器ごしの声
　最後の言葉を探して
　さよならだね　引き止めても
　君は出ていく

抱きしめた　あの夜は　もう二度と戻らない
Lord, I miss you I’m waiting on your love

壊れそうなほど　切ない想い
この胸のRain drops　まだ降り止まない

　あの頃のままの笑顔が

映画のように溢(あふ)れてくる
何もかもが　想い出の中へ
消えた今でも

抱きしめた　あの夜に　もう二度と戻れない
Lord, I miss you I’m waiting on your love

微笑みも　優しさも　色褪(あ)せてにじんでく
I want is you I’m waiting on your love

抱きしめた　あの夜は　もう二度と戻らない
Lord, I miss you I’m waiting on your love

Mr. Shining Moon

泣き出した空は　路上に落ちて
水たまり　月と話(はなし)してる
綺麗だね　また少しあの娘(こ)を好きになっていく
ありがとう　Mr. Shining Moon

眠らずに作った歌を　ほら
鼻唄で歌うよ　知らんぷりで
届くかな　この気持ち　笑った時の君が
誰より好きだよ　Woo

あの雲に乗って　旅に出かけよう
真夜中にそっと　君の手をとって
今すぐ　さらいに行くよ

一人きり　君に逢えない夜は

月影の　ソファーに腰掛けて
夢見せて　また君の香りで目が覚める朝を
ありがとう　Mr. Shining Moon

僕だけにそっと　聞かせてくれた
赤くなりそうな　秘密の話
誰にも　教えないから

泣き出した空は　路上に溶けて
水たまり　月に片想いしてるよ
いつまでも　このままでいたいけど　ほら時間だよ
おやすみ　Good night　またいつか

君がいた夏

夕暮れの海に　ほほを染めた君が
誰よりも　何よりも　一番好きだった
二人していつも　あの海を見てたね
日に焼けた　お互いの肩にもたれたまま
一日中　笑ってた

キリンぐらい首を　長くしてずっと
待っていたのが　まるで夢のように

また夏が終わる　もうさよならだね
時は二人を　引き離して行く
おもちゃの時計の針を戻しても
何も変わらない　Oh I will miss you

君と出会ってから　何も手につかずに

意味のないラクガキを　繰り返しているよ
誰よりも早く　君を見つけたくて
自転車で駆け抜けた　真夏の朝早く
波打ち際たどって

秋が来れば僕ら　また元の場所へ
戻ってくけど　気持ちはこのまま

また夏が終わる　もうさよならだね
時は二人を　引き離して行く
言葉にできずに　そっと離れても
いつか　この胸に　　Oh I will miss you

ひまわりの坂道　駆け降りてく君が
振り向いた　あの空の　眩(まぶ)しさが今でも

また夏が終わる　もうさよならだね
時は二人を　引き離して行く
おもちゃの時計の針を戻しても
何も変わらない　　Oh I will miss you

風

—The wind knows how I feel—

ビルの谷間　走り抜けて
風は空に　舞い上がる
君は何を　見てきたの
その透き通る体で

アスファルトに　引きずられて
重いバッグを　手に持って
汗だくのシャツ　丸めたハンカチ
そんな人に君はそよ風を

The wind knows how I feel
The wind knows how I feel
風は知ってるんだ　本当の事
The wind knows how I feel

荒野を抜けて　大地を蹴って
僕の心を吹き抜ける
時には強く　時に優しく
僕の心を吹き抜ける

いつかは僕も　君のような
優しい風になれるかな
冬になったら　枯れ葉を食べて
大きな風になれるかな

The wind knows how I feel
The wind knows how I feel
風は知ってるんだ　本当の事
The wind knows how I feel

The wind knows how I feel
The wind knows how I feel
風は知ってるんだ　本当の事

ためいきの日曜日

Oh my Darin'　白い雲を　窓から眺めるたび
遥か遠く　逢えぬ君へ　想いつのる

ためいきの日曜日　黄昏時(たそがれどき)の風に
身を任せて　飛んで行きたいよ
電話じゃ上手(うま)く　伝えられないから

Sunday oh Sunday　行き交う恋人達の
笑い声に君が重なる

I'm dreaming of, see you again　夢の中で逢おう
いつの日かきっと　君の願いが叶う　その日まで

Oh my Baby,　別々の場所で暮らす二人の
距離が心のその中まで　変えないように

あの日から今日まで　積み上げてた時が
今にも崩れてしまいそうな　悪い夢を
一日中見てた

Sunday oh Sunday　思ってたよりもずっと
君の存在（かげ）は大きくなってた

I'm dreaming of, see you again　夢の中で逢おう
口癖のように　君の名を呼んでも　No

退屈なＴＶショー　おしゃべりなラジオ
飲みかけのソーダ　星の降るハイウェイ
何もかもが　全て僕を狂わせて行く
I'm so blue

友達のままで

ハンドルを握って　見た事もない場所まで
できるだけ頭を　空っぽにして走った
あの娘の事　思い出さないように
カーラジオつけて　飛ばして

友達のままじゃ　いたくないと
きりだした僕を見て
もうこのままじゃ　いられないと
君は急に泣き出した

外は晴れてるのに　標識はぼやけたまま
ワイパーをつけても　この涙は飛ばされない
いつの間にか　立てられていたルールを
壊したのは君の方なのに

ふざけてばかりで　本当の事
隠しては来たけど
知ってたはずだろう
僕が君をいつもずっと見てた事

友達のままじゃ　いたくないと
きりだした僕を見て
もうこのままじゃ　いられないと
君は急に泣き出した

CHILDREN'S WORLD

壊れた窓の隙間（すきま）から
僕を呼ぶ口笛が聞こえる
空き地の隅に組み立てた
秘密の基地へ走って行く
ママの口癖も　聞こえないふりで
仲間を集めて　始めよう

あいつは口が軽いから
仲間には入れたくないけれど
ギター弾くのが上手いんだ
それはまるで　チャック・ベリーのように
トランプが化けた　メンバーズ・カード
こっそり計画を立てて

何か大きな事を　しでかしたくて

ウズウズしている
いつも　大人の声に　聞き耳立てて
ビクビクしている
そんな　CHILDREN'S WORLD

間違いだらけの答案は
空き地に埋めて隠したけど
心の隅に隠してる
重い荷物は消せないから
あの頃のように　笑えない時が
いつか来るけれど　心の中は

数えきれない夢を抱えて
ドキドキしている
今は思い通りにいかないことも
いつかは叶えて
ここは　CHILDREN'S WORLD

虹の彼方へ

Walkin on the rainbow
雨上がりの　路上に輝く　飛び出した　My dream

この胸の　Raindrops
目をふせても　何も変わらない　ゆずれない　My soul

凍えそうな　雨に打たれて
投げ出してた　あの頃さ

I'm walkin on the rainbow
数えきれない　夢が溢れて
The future in my eyes wishes come true

僕だけの　rainbow
ギターケースに　溢れてるメロディー　奏でるよ　My soul

燃えるような　日に照らされて

投げ出してた　あの頃さ

I'm walkin on the rainbow

じっとしてたら　ショートしそうだ

The future in my eyes wishes come true

廻り続ける　この世界に

取り残された夜　いくつもの瞳（ひとみ）が

あてのない　夜明けを探して　さまよってる

Walkin on the rainbow

雨上がりの　路上に輝く　飛び出した　My dream

I'm walkin on the rainbow

数えきれない　夢が溢れて

The future in my eyes wishes come true

The future in your eyes wishes come true

All by myself

から廻りのMy Life　嵐のように僕を引き裂く
降りしきる雨に　おびえてただ　逃げまどっていた

わかりかけてた　答はいつも　目の前でまた消え果てた
追いかけていた　希望も恋も　Ah　遠ざかる

傷つくたびに　失うたびに
問いかけてるよ　Be calm, Be cool
引き返せない　Ah　悲しみも　僕の瞳で見つめて
待ち続けるさ　嵐の中の船のように

雨音がそっと　この心に　優しく響く
このまま　全ての痛みを洗い流しておくれ

不安な夜は　目を閉じるのも怖いくらい　さみしくなる
眠れないまま　車を走らせ　探してる

飛び出したいよ　違う世界に
だから今こそ　Be calm, Be cool
明日(あした)になれば　そのからくりも　僕の瞳でとらえる
はじけそうな　夜明け前の時　今ここへ

ときめく気持ちは今でも　全ての事を照らしていくけど
見えない　届かない時は　何もかもが凍(い)てついていく

抱きしめよう　熱い想いを
抱きしめたい　いつかクールな時代(とき)を超える

誰のためでも　誰のせいでも
ないから今は All by myself
時の流れが　やがて僕にかたむきかける日まで

傷つくたびに　失うたびに
問いかけてるよ　Be calm, Be cool
引き返せない　Ah　悲しみも　僕の瞳で見つめる
All by myself

BLUE

待ち合わせの場所へ　向かう車の中で
君の好きな曲(うた)　あわてて探した
さりげなく君を　誘うその言い訳を
いくつも用意して　ここまでこぎつけたのに

Ah　ぼんやり君は　窓の外見てる
You're waiting someone You need his love
いつまで　ひきずっているの？

隠しきれない　その胸の中　今も誰かを待ち続けてるけど
怒る資格も今の僕にはないの？
君と過ごす日の　その喜びと　別れた後の　Ah　悲しみが
また僕の心を戸惑いの中に
そして　今日も　BLUE

友達に君を　自慢してみたいけど
笑顔でいつでも　上手にかわされて

Ah 僕の話も　まるでうわの空
You're waiting someone You need his love
いつまでためらっているの？

隠しきれない　この胸の中
いつも遠くで　君を見ていたから
簡単には諦められずにいるよ
さみしい夜だけ電話くれるのも　わかってるから
Ah 悲しみが
また僕の頭をかき回してく
そして　今日も　Blue

隠しきれない　その胸の中　今も誰かを待ち続けて
また僕の心を戸惑いの中に
そして　今日も　Blue
それでも　いいさ
So I'm waiting for your Heart

抱きしめたい

出会った日と　同じように　霧雨けむる　静かな夜
目を閉じれば　浮かんでくる　あの日のままの二人

人波で溢れた　街のショウウィンドウ
見とれた君が　ふいに
つまずいたその時　受け止めた　両手のぬくもりが　今でも

抱きしめたい
溢れるほどの　想いが　こぼれてしまう前に
二人だけの　夢を胸に　歩いてゆこう
終わった恋の心の傷跡は　僕にあずけて

形のない　この想いは　今はもう　消えはしない
キャンドルを　灯（とも）すように　そっと二人　育ててきた

震えそうな夜に　声をひそめ　君と
指切りした　あの約束
忘れてやしないよ　心配しないで　君だけを　見ている

もしも　君が　泣きたい位に
傷つき　肩を落とす時には
誰よりも素敵な　笑顔を　探しに行こう

全てのことを　受け止めて行きたい　ずっと二人で

抱きしめたい
溢れるほどに　君への想いが　込みあげてく
どんな時も　君と肩をならべて　歩いていける
もしも　君が　さみしい時には
いつも　僕が　そばにいるから

グッバイ・マイ・グルーミーデイズ

いつの間にか　こんなふうに　夜空に溜め息浮かべてる
あの娘の笑顔が　ふっと　目を閉じるたびに　溢れてる

押さえきれず　ダイヤル廻したけど
留守番電話に名前を　ただ告げるだけ

待ちわびてるんだ ずっと Night & Day　本当の気持ち　聞けないまま
月とグラス合わせて　一人きりの　Happy Birthday

あきらめてた　心のポストの中
遅れて届いた　あの娘からの Birthday Card

忘れかけてた想いが　胸の中ではじけてる
tul...We want to be happy
始まりそうな予感で　体中がしびれてる

も う 止 め ら れ な い

I want to be happy, You want to be happy
I want to be happy, You want to be happy

こぼれ落ちそうな星空　眠れずにずっと　眺めてた
トラブル続きの　6 days　忘れられそうなこの Weekend

夕べあの娘からの Telephone Call　真夜中まで
尽きない話の続きが　今日の待ち合わせ

忘れかけてた想いが　胸の中ではじけてる
tul…We want to be happy
始まりそうな予感が　体中を駆けめぐる
も う 止 め ら れ な い

I want to be happy, You want to be happy
I want to be happy, You want to be happy
Good-bye my gloomy days

Distance

いつものように　ずっと　黙ったまま　二人
走り抜ける　夜のハイウェイ
見慣れた街を　背に　哀しみを　胸に
今夜　最後のMoonlight driving

あの時　君が言ってた
言葉が今　嘘になる

愛(いと)しい君の笑顔が　涙で　にじむ前に
さよなら　輝いていた　想い出だけを　心の中に

窓を打つ雨が　やむころには　二人
孤独な自由と　向き合って
気づき始めてた　離れていく心
つないだのは　いたわりだけ

あの時　僕が話した　これからの二人の夢

いつかは　こんな日がくると　互いに　解ってたのに
それでも　そばにいたのは
臆病だから？　愛していたから？

アクセルを強く踏んで　君の街へ
二度とは引き返せない　記憶の中へ

愛しい君の笑顔が　涙で　にじむ前に
さよなら　輝いていた想い出に　今

いつかはこんな日が来ると　互いに解ってたのに
それでも　そばにいたのは
臆病だから？
それとも今でも
愛しているから？

車の中でかくれてキスをしよう

もう二人は　子供じゃない　だけど
いたずらに　ただ　傷ついてくだけ
抱きしめても　すり抜けてゆく君の
その心を　閉じ込めていたい

車の中で　かくれてキスをしよう
誰にも　見つからないように
君は泣いてるの？　それとも笑ってるの？
細い肩が震えてる

誰もいない　月の浮かぶプールに
忍びこんで　波をたてる君
震えている　青ざめた唇を
僕に見せて　笑いころげてる

車の中で　かくれてキスをしよう
誰にも　見つからないように
疲れ果てたまま　眠りについた君を
いつまでも　見守ってる

車の中で　かくれてキスをしよう
誰にも　見つからないように
君は泣いてるの？　それとも笑ってるの？
細い肩が震えてる

思春期の夏―君との恋が今も牧場に―

昼も夜も待ち続けてた　思春期の夏
あの牧場(まきば)にある　ベンチにいつも腰かけて
自転車に乗って　つゆ草をかきわけて行く
君をずっと　眺めていた

生まれて初めて誰かを　好きになったのに
どうしていいのか解らずに　また陽(ひ)が暮れる

明日になればきっと　Ah　君のもとに届くように

君の髪が陽に照らされて　色が変わるね
それはこの世で　一番すてきな景色
青い空は　どこまでも続いてゆくけれど
未来だけ　見えずにいた

君は野原に飛びかう　トンボを見ていた
どうしていいのか解らずに　また陽が暮れる

明日になればきっと　Ah　恋の果実　実るように

8ミリフィルムのような　思い出のスクリーン
モノクローム の僕がいる
君との恋が　今も牧場に

明日になればきっと　Ah　恋の果実　実るように

星になれたら

この街を出て行く事に　決めたのは　いつか　君と
話した夢の　続きが今も　捨て切れないから
何度も耳をふさいでは　ごまかしてばかりいたよ
だけど　今度はちょっと違うんだ　昨日の僕とは

こっそり出てゆくよ
だけど負け犬じゃない
もう　キャンセルもできない

さようなら　会えなくなるけど　さみしくなんかないよ
そのうちきっと　大きな声で　笑える日が来るから
動き出した　僕の夢　高い山越えて
星になれたらいいな

何かに　つまずいた時は　空に手をかざしてみよう
この風は　きっとどこかで君と　つながってるから

呼んでる声がする
だけど帰りたくない
笑われるのにも　慣れた

長く助走をとった方が　より遠くに　飛べるって聞いた
そのうちきっと　大きな声で　笑える日が来るはず
動き出した僕の夢　深い谷越えて
虹になれたらいいな

さようなら　会えなくなるけど　さみしくなんかないよ
そのうちきっと　大きな声で　笑える日が来るから
動き出した僕の夢　高い山越えて
星になれたらいいな
虹になれたらいいな

ティーンエイジ・ドリーム（I－II）

かさばった部屋の荷物を　一日中　かたづけていると
隠れてた　想い出達が　引き出しから　そっと顔を出した

tul… それは今も　　僕の宝物
あの日の気持ち　　鮮やかに甦る

まるで　恋人のように　あの娘の　そばでいつも
ふざけてばかりいた放課後
みんなの噂になって　上手く　話せなくなった
Friend oh my friend oh my friend

置き忘れたままの　　teenage dream
もうあの時は　　戻らないけど
今もこの胸に　　焼きついたまま

誰かが　忘れていった　埃をかぶっている 68 Guns
すりきれて　針がはねては　同じフレーズを　繰り返してるよ

tul… 訳もなく　　胸が痛くなる
から廻りする　　時はまるでメリーゴーランド

あの日の気持ち　鮮やかに甦る

少しは　大人になって　いろんなことが　変わった
愛すべき人に出会って
だけど　あの想い出は　投げやりな　僕をずっと
ささえてるから

形を変えてゆく　teenage dream
もうあの時は　戻らないから
新しい夢を　抱きしめていよう

置き忘れたままの　teenage dream
もうあの時は　戻らないけど
今もこの胸に　焼きついたまま

コノテデ　セカイヲ　ウゴカシテ　イチニチジュウ　ワラッテイタイ
ダレモガ　ミナ　ナミダスルホドノ　トワノ　ウタヲ　ウタイタイ
フルエブルブルトマラナイホドノ　アツイキスヲ　シテミタイ
ヤスミノヒニワ　アノコト　ドライブニ　イキタイ

ソシテ　ダキアッタママ　ダキアッタママデ
テンマデ　テンマデ　イッショニノボリタイ
〇〇××△△□!!??

いつの日にか二人で

今月になって　何度目だろう
眠れずにいる夜は
あのひとの声　聞きたいのに
話す事はない

本当の気持ちが　恥ずかしくて
騒いで気を引くだけ
もう一人の僕が言う
〝こんなはずじゃないだろう〟

あのひとから　見れば僕は
年下の　Dearest Friend
誰かの言う　ダメな訳も
うなずけるけれど

気が付けば　いつも　どんな時も
あのひとで　溢れてる
心の中は　また曇り空
いつの日にか　二人で…

あのひとから　すれば僕は
年下の　Dearest Friend
一度だけの　甘いKissも
忘れたふりして

映画の中の恋のように
抱きしめ眠る夜を
もう少しだけ　夢に見ていよう
いつの日にか　二人で

いつの日にか　二人で

君の事以外は何も考えられない

真夜中　過ぎても　眠れないから
今夜は　このまま　星を見つめて

君から聞いた　お伽話(とぎばなし)
少し　信じてみようかな?

君の事以外は　何も考えられない
いつも　そばにいてよ　いつまでも　そばにいるよ

いくつになっても　風に吹かれて
いったい　この先　どうなるのだろう?

僕が　途方に　暮れてる時
君の　言葉で　救われる

君の事以外は　何も考えられない
いつも　そばにいてよ　いつまでも　そばにいるよ

こうして二人で　いられる時は
不思議だね　一日が　すぐに過ぎてく

君が居眠り　する間に
新しい歌が　生まれる

君の事以外は　何も考えられない
いつも　そばにいてよ　いつまでも　そばにいるよ

君の事以外は　何も考えられない
いつも　そばにいてよ　いつまでも　そばにいるよ

Another Mind

何故(なぜ)に卑屈な微笑(smile)　浮ぶこの街角
行き交う人の波が
奏でてる不協和音(discord)

自分を打ち砕くリアルなものは
偽(いつわ)りだと目を伏せてた　孤独な　Teenage

幼き日々のように
無邪気なふりをしては
愛すべき人達(ひと)の　支えの中に溺(おぼ)れてゆく
傷つけずにいられない程

誰かが定めた自分を演じてる　Another Mind
流されるのも慣らされて　たどり着けばいつも　Oh No

何もかも投げ出せば　It’s just darkside of my heart
肩の荷もおりそうさ　It’s just darkside of my heart
わずかなプライドを守る為に
誰もが必死で暮してる

砂に書いたような〝理想〟の文字は
時代(とき)の波にさらわれてく
不思議なこの街

誰も愛さずにいれるものなら
罪な恋に惹かれてゆく　この心を消してくれ

誰かが定めた自分を演じてる　Another Mind
身動きもできない程に　抱えたプレッシャーはシュール
流されるのも慣らされて　たどり着けばいつも　Oh No

振り向けば夕闇が包む　この街角

メインストリートに行こう

待ちわびてた約束の週末　誰にも内緒の Drivin'
車止めて　クラクションは 2 Times　君を呼び出す合図

仲間達がいう程　君って　クールじゃないのがいいね
流れてくるラジオに合わせ　口ずさむよ "BOB MARLEY"

雨上りの街へ連れ出したい
みんな狙ってるのさ　君の事を

My city of joy　週末の天使
星降る街で　君とランデブー　夢みたい
この街のノイズ　きらめくビル
いつまでも　Everyweek Everymonth　高鳴る僕の鼓動

たった一ついいかな　君は月の灯りのように
しまい込んだ孤独な心を　やさしく照らす Light

二人だけの Dance party 夜明けまで
寄りそったままでいたいだけさ
気まぐれな Talk　いたずらな Smile
人波あふれたスクランブルで Hold me tight
Sexy なポーズ　突然のキッス
このままじゃ　Everyday Everynight　くぎづけの Heart

My city of joy　この胸は Sweet
星降る街で　君とランデブー　夢みたい
この街のノイズ　きらめくビル
いつまでも　Everyweek Everymonth　高鳴る僕の鼓動

待ちわびてた約束の週末　今夜　5回目の Drivin'
車止めて　クラクションは 2 Times
君を呼び出す合図
メインストリートに行こうよ！

and I close to you

Baby Baby Baby I wanna kiss you
Lady Lady Lady and I wait for you
思ってたような奴じゃなかったようだね
まだ君を傷つけるつもりなら許さない

Baby Baby Baby　もう忘れなよ
悲しみの中では何にも生まれない
同じ事を繰り返してるのなら
何もかも委(ゆだ)ねてよ　この僕に

気付かぬふりが上手いから
あいつの裏切りも　僕の想いも　揉み消すつもりなの？
何にも言えずに別れた夏を　悔やんでても虚しい

Baby Baby Baby I wanna kiss you
Lady Lady Lady and I close to you
泣き疲れて眠っている君に
くちづけたあの夜が愛しくて

目を腫らす君を見る度
この胸がちぎれそうだよ
何故そんなに　あいつじゃなきゃダメなの？
もう一度抱きしめたなら離せなくなる程に I love you

　　You must be break down
電話のベルが
　　It's just a mad love
鳴る度　心のどこかで
　　I want to be your man
かすれた君のその声が
クールなふりした僕を狂わせる

Baby Baby Baby　もう忘れなよ
悲しみの中では何にも生まれない
Baby Baby Baby I wanna kiss you
Lady Lady Lady and I close to you

Replay

はぐれた時間（とき）の隙間なら　きっとすぐ埋まるよ
ためらいのない想いが甦る

こんなわがまま言うのも久しぶりね、と　君はつぶやく
海岸に沿った通りへ　君を連れ出し　あの頃のように

夜は　君を不思議な程　綺麗に写すよ
誘われるように抱きしめたなら
不安は消えるから

誰より愛しい君よ　いつの日もその胸に
離れていても　変わらぬ想いを

いつも同じような事で　何度となく　ぶつかってたね
だけど髪を切るだけで　忘られるような　恋じゃないだろう

3年目のジンクスなど　怖くはないけど
いつでも君を　ずっと近くに感じていたいから

防波堤に打ち寄せる波の飛沫(しぶき)　浴びれば
出会った日の二人が　Replay してる
はぐれた時間(とき)の隙間など　きっとすぐ埋まるよ
ためらいのない想いが甦る

潮風が溜息を空に運ぶ
波音はくちづけの吐息(といき)　消して

誰より愛しい君よ　いつの日もその胸に
離れていても　変わらぬ想いを
二人で駆け抜けた季節も　どんな場面も
振り返れば　ほら　微笑み溢れてる

時は流れても
Don’t change your heart, and keep loving you.

マーマレード・キッス

急に降り出した雨に濡れ　My girl
誰よりSexyなくらい　濡れた髪かき上げる

すれ違う人々(ひと)が　笑って見てるけど
止められぬ程の　My love

もっと　Hold me tight
びしょ濡れの背中を
そっと引き寄せたなら
I feel so good

いつか話してたね　はじめての男(ひと)の事を
嫉妬してるのは辛い　求めてるMake love

ひらく傘の群れは

舗道埋めるジェリービーンズ
そして二人は…マーマレード・キッス

そっと抱きしめて
くちづけを交わせば
ふっと漏れる吐息
重なる　Heart
もっと　Touch me baby
生まれてきた理由(わけ)が　やっと見つかったみたい
君と出会って

もっと　Hold me tight
くちづけを交わせば
ふっと漏れる吐息
重なる　Heart
静かにとけてく

蜃気楼

今じゃちょっとした笑い話
僕がずっと捕らわれてた　コンプレックス
打たれても痛みすらないのは
タフになったのか？　麻痺したのか？

I will be there it's alright　呪文唱えるように
Everything gonna be alright

人はいつもないものねだり　崩れ去ってやっと気付く幸福
夢は一歩踏みはずせば虚像さ　今になって思い知らされてる

I will be there it's alright　手招きしてるボーダーライン
Everything gonna be alright
I will be there it's alright　壊れかけた孤独な心
Everything gonna be alright

心の何処(どこ)かに　今でも潜んでいる
〝気狂いピエロ〟が

駆けずり回って追い続けた夢が　砂のように手の中をすりぬける
吹きすさぶ風に尋ねてみる
この道の行方(ゆくえ)を　今　すべき事は何？

I will be there it's alright　ゆがんでるボーダーライン
Everything gonna be alright
I will be there it's alright　手探りのシャドーパンチング
Everything gonna be alright

この胸の中を焦がして消える
夢は蜃気楼

I will be there it's alright　手招きしてるボーダーライン
Everything gonna be alright
I will be there it's alright　壊れかけた孤独な心
Everything gonna be alright

心の何処かに　今でも潜んでいる
〝狂った果実〟が

逃亡者

最初に思い出すのは　公園の夕暮れ
迷子になって泣いたあとの　静かな午後
やさしい言葉をかけてくる　大人たちの中で
僕は人生のサイズを感じた

あれこれ考えてみても始まらないわ、と
彼女が去って行ったのは　もう2年も前
やさしい言葉の一つでもかけようとしたけど
だまってるしかないと　気づいたんだ

いつまでもいつまでも　一緒だったらうれしいけど
どこまでもどこまでも　一人きりだと思う時がある
薄暗い明日に向かう逃亡者

ところは変わって　目の前で君が笑うよ
くったくがないのか　何も考えてないのか
やさしい空気がここにホラ　流れこんできてる
君のまんまで認めてしまってる

喜びは　喜びはここにあるから大丈夫だ
悲しみは　そこら中に転がっている　地雷の様に
踏まないように後をついておいで

いつまでもいつまでも　一緒だったらうれしいけど
どこまでもどこまでも　一人きりだと思う時がある
薄暗い明日に向かう逃亡者

逃亡者

LOVE

偶然だね、こんな風に会う度に　君は変わってく
見なれないそのピアスのせいなのかな？　ちょっとだけキレイだよ

彼になる気もなくて　責任などさらさら
でもね　少し胸が苦しい

なにげなく　なんとなく
他の誰かに君を染められるのが気にかかる
かなりカンの鋭い僕の彼女を
怒らせるのもなにか違ってる
燃えるような恋じゃなく　ときめきでもない
でも　いつまでも君だけの特別でいたい

本当に手におえないよ　天気予報より嘘つきで
青空の中に映る　調子いい君のあの笑顔

口さえなきゃ誰もが振り向くようなスタイルで
人をその気にするのが上手い

> 気がつけば　いつの間に巻き込まれてる
> いつも君のペース　だけど楽しくて
> 昔　野球で鍛えた君の彼氏に
> 殴られるのもなにか違ってる
> それでもね　時々は電話しておいで
> 昼間でも夜中でも　遠慮はいらない

悲しい出来事に　その笑顔を奪われたら
探しに行こう　あの日のように

> 振り向けば　心の隅に君がいて
> I want smiling your face　いつもそれだけで
> 投げやりな気持ちが空に消えてくよ
> でも〝愛してる〟とは違ってる
> ちっぽけなプライドも遠慮もいらない
> 束縛やヤキモチはちょっぴりあるけど
> 燃えるよな恋じゃなく　ときめきでもない
> でもいいじゃない　それもまた一つの
> Love... Love... Love...

さよならは夢の中へ

夢の続きのように
君の笑顔も霞んでく
恋に落ちたあの夜から
さよならが潜んでたのに
二人はぎりぎりのところで
想いをつなぎとめてる

交わす言葉にさえ
鋭く神経（こころ）尖らせて
嵐のような涙のあとは
激しく心を求める
誰のせいでもなく愛は
その傷口をひろげて

朝やけのビルの彼方へ
はばたく鳥のように

この胸の中を曇らす迷いを
大空高く飛ばして欲しい

さよならは　夢の中へ

矛盾だらけの My mind
自由っていう孤独に吹かれて
ほおづえをついて眺めてる
黄昏の光と影を

Don’t say good-bye　偽りない想いは
Please don’t cry　今も変わらぬ

二人でみつけた　It’s only love
それだけが僕に安らぎをくれた　苦しい時も
それは　ただ一つの真実
いつしか全てはうつろう運命（さだめ）だとしても
今ならば　きっと取り戻せる
二人出会った日の輝きを

さよならは夢の中へ

my life

62円の値打ちしかないの?
僕のラブレター読んだのなら
返事ぐらいくれてもいいのに

なにげなく歩道を歩けば
壁の破れた映画のポスター
君を誘って断られたっけ　Woo

思いがけぬ出会いだったけれど
あのときめき忘れられそうにない
暮れゆく街に切なさがつのれば　I love you so

ちょっぴりうぬぼれてた僕も　ついにフラれた
いい事ばっかある訳ないよ
それでこそ　my life

二年前の失恋では
〝二度と恋などしたくない〟って言ってたのに
こんなありさまさ　Woo

訳もなく人恋しい夜は
君がここにいてくれりゃ　So nice
テレビゲームに胸のうちをあかせば　I miss you so

ちょっぴりうぬぼれてた僕も　ついにフラれた
いい事ばっかある訳ないよ
それでこそ　my life

いい事ばっかある訳ないよ
それでこそ　my life

雨に打たれ　風に吹かれ　波にのまれても
うぬぼれたり　落ち込んだり　おだて上げられて
ドラマみたいな上手い話は　めったにないけれど

それでも　my life

my confidence song

マシンガンみたいに僕を責めて
愛しき人は去れど
あどけない日の面影に
すがれば傷つくだけ

いたずらな時の流れが
また僕を試してるなら
さあ　どこまでも流れてゆくよ
everywhere I'll go

頼りなく　平和な日々に　(Ah 頼りないこの国は)
埋もれ僕らは　もろく
愚かな自由を振りかざして　(Ah ゆがんでく秩序は)
"罰則(ペナルティー)がなきゃ正義"

永遠(とわ)なる　欲望の果てに
誰もが　土に戻るなら
失(な)くすものは何もないはずさ
everywhere I’ll go
さぁ　どこまでも流れてゆくよ
everywhere I’ll go
everywhere I’ll go

Dance Dance Dance

クルクルと地球儀を回して　世界中を旅してる気分
あまりに低い天井を見上げれば　救いようもなく　また寝転がる
give me love. give you up. give me one true
give me love. give you up. give me one true

テレビに映るポーカーフェイス　正義をまとって売名行為
裏のコネクション　闇のルート　揉み消された真相

君の傷口　そっと舐（な）めると　よじれて涙がこぼれた
ビタミン剤が主食の生活（くらし）で　ヘルスメーターにも笑われ
give me love. give you up. give me one true
give me love. give you up. give me one true

今日もハイテンション　ロックンロールスター
虚像を背負って　ツイスト＆シャウト
みんなでファッション　舞い上がれ　落ちる定めのヒットチャート

満たされない夢と欲望の彼方に
残された君と希望の橋を渡ろう
さあ　踊ろう　世界が終わるまで
その未来を　僕の手に委ねたなら　Dance Dance Dance

飽和しそうなほどのインフォメーション　欲望が服着て歩く
グラビアの彼女に恋をして　一目会って　嫌気がした
give me love. give you up. give me one true
give me love. give you up. give me one true

今日もディスカッション　深夜のトーク　偽善だらけのlove & peace
きわどいコレクション　ランジェリーラブ　今夜も一人　lonely play

満ち足りた　マニュアルにそった恋の中
もがいてる　将来有望な僕らがいるよ
さあ　踊ろう　鼓動が止まっても
気にしないよ　君ともっと　汚れてみたい

満たされない夢と欲望の彼方に
残された君と希望の橋を渡ろう
さあ　踊ろう　世界が終わるまで
その未来を　僕の手に委ねたなら　Dance Dance Dance

ラヴ　コネクション

ワンタッチの関係ではエクスタシーはない
トゥマッチな愛情に触れてもつらい
Oh　妙に醒めたポーズで今日も　Woo　つれない素振り

〃大胆気ままに恋はエクササイズよ〃
なんちゃって本当は傷つくのが恐い
Oh　メロドラマに涙流して　Woo　可憐な君よ

Tell me what do you want　Oh what do you think baby
僕を揺さぶってくれよ　What do you want
一体どうして欲しいんだ　今夜も　Oh baby baby please yeah

シェイプアップが成功したSexyなスタイル
ノータッチじゃ no no!!　愛想がないんじゃない
Oh　高飛車なフリして結構　Woo　お世辞に弱いね

Tell me what do you want　Oh what do you think baby
君の好きにしていいよ　What do you want
お気に召すまま　僕を転がしてくれ

Oh what do you want　Oh what do you think baby
君を奪い去ってくんだ　What do you want
自由にしてあげよう　僕が　Oh baby baby please yeah

Oh what do you want　(What I want)
なんだかんだ言ったって　(What I think)
老いてく君の美貌も　(What I feel)
いいだろう訳ありの過去も　(What I talk, What I kiss)
愛してあげようってなもんさ　(What I touch)

What do you want　(What I get)
Oh what do you think baby　(What I give)
僕を揺さぶってくれよ　(What I guess)
What do you want　(What I know)
お気に召すまま　僕を転がしてくれ　(What I teach, What I make)
What do you want　(What I say)
Oh what do you think baby　(What I mad)
君を奪い去ってくんだ　(What I laugh, What I cry)
What do you want　(What I need)
自由にしてあげよう　(What I watch)
僕が　Oh baby baby please yeah　(What I play)

innocent world

黄昏の街を背に　抱き合えたあの頃が　胸をかすめる
軽はずみな言葉が　時に人を傷つけた　そして君は居ないよ

窓に反射する（うつる）　哀れな自分（おとこ）が　愛しくもある　この頃では
Ah　僕は僕のままで　ゆずれぬ夢を抱えて
どこまでも歩き続けて行くよ　いいだろう？　mr. myself

いつの日も　この胸に流れてる　メロディー
軽やかに　緩やかに　心を伝うよ
陽のあたる坂道を昇る　その前に
また何処かで　会えるといいな　イノセントワールド

近頃じゃ　夕食の話題でさえ仕事に　汚染（よご）されていて
様々な角度から　物事を見ていたら　自分を見失ってた

入り組んでいる　関係の中で　いつも帳尻　合わせるけど
Ah　君は君のままに　静かな暮らしの中で
時には風に身を任せるのも　いいじゃない　oh miss yourself

物憂(ものう)げな　6月の雨に　打たれて
愛に満ちた　季節を想って　歌うよ
知らぬ間に忘れてた　笑顔など見せて
虹の彼方(かなた)へ放つのさ　揺れる想いを

変わり続ける　街の片隅で　夢の破片(かけら)が　生まれてくる　Oh　今にも
そして僕はこのままで　微(かす)かな光を胸に
明日も進んで行くつもりだよ　いいだろう?　mr. myself

いつの日も　この胸に流れてる　メロディー
切なくて　優しくて　心が痛いよ
陽のあたる坂道を昇る　その前に
また何処かで　会えるといいな　その時は笑って
虹の彼方へ放つのさ　イノセントワールド
果てしなく続く　イノセントワールド

クラスメイト

多忙な仕事あってこそ優雅な生活(くらし)
なのにやりきれぬ　oh sunday morning
愛を語らい合って過ごしたいけれど
悩める事情にきりなまれ

陽は傾き街は３時
少し遅い君とのランチ
後ろめたさで　微かに笑顔が沈んじゃうのは
仕方がないけれど

３ヵ月前の再会から　思ってもない様な急展開
今じゃ　もっと彼女に恋をして
もう　振り出しに戻れるわけない
「ただのクラスメイト」
そう　呼び合えたあの頃は　a long time ago

何度も話し合って決めたルールでも
このままじゃ彼女　かわいそうさ

もうじき来る君のBirthday
迷わず僕だけを選んで
ごめんよ　いつも困らすばかりで
しばらくは彼の話はやめとこう

君といれば他のどんなものも　ささいな事に思えてくる
今までのキャリアもわかるけど
ねえ　何もかも委ねてくれないか
寂しげな街の灯りが消えぬ間に　I wanna hold you again

明け方の歩道「じゃね　またね」と彼女
走り去るTAXI
マンションのベランダに立って手を振る僕
たまらなく寂しい

そして　今日も街は動き出す
行き交う　人波
from sunday night to monday morning

CROSS ROAD

lookin' for love　今建ち並ぶ街の中で
口ずさむ
『ticket to ride』　あきれるくらい君へのメロディー

遠い記憶の中にだけ　君の姿探しても
もう戻らない　でも忘れない　愛しい微笑み

真冬のひまわりのように　鮮やかに揺れてる
過ぎ去った季節に　置き忘れた時間を　もう一度つかまえたい

誰もが胸の奥に秘めた　迷いの中で
手にしたぬくもりを　それぞれに抱きしめて
新たなる道を行く

誘惑に彩られた　一度だけの過ちを

今も君は許せぬまま　暮らす毎日
冷たい風に吹かれて　たたずむマテリアルワールド
立ち止まる　cross road　さまよう　winding road
傷つけずには愛せない

遠く想い焦がれて　はりさけそうな夜も
この手に受け止める　つかの間の悲しみは
やがて輝く未来へと

抱き合う度にいつも　二人歩んだ日々の
答えを探してきたけど　崩れてく音もたてずに
果たせぬ ままの夢(dream)

誰もが胸の奥に秘めた　迷いの中で
手にしたぬくもりを　それぞれに抱きしめて
新たなる道を行く

遠く想い焦がれて　はりさけそうな夜も
この手に受け止める　つかの間の悲しみは
やがて輝く未来へと続く

ジェラシー

この宇宙を漂う無数の惑星屑(ほしくず)　人類(ひとびと)の夢をのせた地球(アース)
地上へと舞い下りた　僕らの魂は　愛を求め彷徨(さまよ)いだす　midnight

月影の fall in love　そっと　ささやく天使達
果てるまで we make love　今日も　こぼれ落ちる汗

魔性の恋に魅せられて　母性の海に抱(いだ)かれて
虚(うつ)ろな夢よ　眠れ
君が望んでる愛と　僕を満たす悦(よろこ)びを
激しく揺さぶる　ジェラシー

うなされて目覚めた　物憂げな朝に　飛び込んだ世紀末のニュース
形あるもの皆　終りが来るとゆうのに
不思議な程　美しき君の肉体(Your Body)

裏腹の my sweet heart　いっそ　傷つけたい程に
押し寄せる　乱暴な衝動　もう　止まらない

罪深き恋の中で　愛(いとお)しさに身悶(みもだ)えて
儚(はかな)い闇を泳ぐ
互いの傷を持ち寄って　気がふれる程　抱き合って
心に　いきづく　ジェラシー

僕らを操る遺伝子　果てしない生命(いのち)の神秘
なぜ人類(ひと)は愛という　愚かな夢に溺れる

魔性の恋に魅せられて　母性の海に抱かれて
虚ろな夢よ　眠れ
互いの傷を持ち寄って　気がふれる程　抱き合って
心までも縛りたい
君が望んでる愛と　僕を満たす悦びが
激しく揺さぶる　ジェラシー

Asia（エイジア）

ASIAN SOUL　今ここに生まれ産声(うぶごえ)を上げる
僕の胸を打ち鳴らす ASIAN BEAT

絡み合う街並みは自由の国に魅せられ
踊る人々の群れで今日も賑わう

清らな花のような君への憧れが胸を駆け巡る
見果てぬ夢の中でだけ　静かに二人　くちづけを交す
Oh　移り行く時代(とき)に　引き裂かれないように

ASIAN BLOOD　描いてた理想の暮らしは脆(もろ)く
虚しさの中　ただ明日を夢見る

傷跡だけ残った歴史の中から何を学んだの
煮え切らない僕にさえ何があっても譲れぬものがある

Oh　母なる愛のような　永遠を求めてる

そびえ立つビルの森　孤独な夜の光が
幾千もの瞳を　照らしてる

未来へ向かい僕らは走る
時には無様に転がりながら
今日も何処かで

ASIAN BEAT
東と西は混沌に満ち　矛盾の中で人々は眠る

いつの日か　巡り来る　その瞬間(とき)を待ち焦がれ
愛しき君へと想いは募る

ASIAN TUNE　少しずつ　気付き始めているのさ
守るべきものは　愛という名の誇り

雨のち晴れ

単調な生活を繰り返すだけ　そんな毎日もいいさ
親友との約束もキャンセルして　部屋でナイターを見よう

あの娘(こ)が出て行ったのは　もう3カ月前　淡い想い出だけを　ほのかに残して
涙もない　言葉もでない　あっけない結末
あれほど燃え上がってた二人が嘘みたい

最近じゃ　グラマーな娘に滅法弱い　男ってこんなもんさ
新人のマリちゃんに言い寄っても　まるで手応えが無い

不景気のあおり受けて　社内のムードは　緊迫しているから　僕一人が浮いてる
上司に愚痴(ぐち)言われるうちが「花」だって言うから
いっそ可憐に咲き誇ろうかと思うよ

もうちょっと　もうちょっと　頑張ってみるから
ねえもっと　ねえもっと　いい事があるかな
今日は雨降りでも　いつの日にか

「お前って暗い奴」そう言われてる　幼少の頃からさ

1DK 狛江(こまえ)のアパートには　2羽のインコを飼う

たまに実家に帰れば　真面目な顔して　出来損ないの僕に母親は繰り返す
「生きているうちに孫を抱きたい」それもわかる気がする
なるべくいい娘探したいって思っちゃいるけど

もうちょっと　もうちょっと　僕を信じてみて
こうなっちゃ　こうなっちゃ　後戻りできない
イメージはいつでも　雨のち晴れ

優秀な人材と勘違いされ　あの日の僕はただ
過酷なしがらみを　掻(か)き分けては　頭を下げていた

若さで乗り切れるのも　今年ぐらいだね
この先どうなるのかなんて　誰もわからない
その日暮し　楽しく生きりゃいいのかもしれないね
そんな事思いながらも　また日が暮れる

もういいや　もういいや　疲れ果てちまった
そう言って　そう言って　ここまで来たじゃないか
今日は雨降りでも　いつの日にか

もうちょっと　もうちょっと　頑張ってみるから
ねえもっと　ねえもっと　いい事があるかな
イメージはいつでも　雨のち晴れ　いつの日にか　虹を渡ろう

Round About
─孤独の肖像─

寂しさを持ち寄って溢れてる人波に
型にはまりゃしないとありふれた夢が転がる

感情の通わない口先だけのコミュニケーション
夜が明けるまで　騒ぐ teenager　虚ろな肖像

Round about city　孤独な街角
過剰な愛に　ゆがんだ　Heart
誰かが泣いてる　誰かが笑ってる
浮き足立つ路上の夢に　oh God bless you

自由な恋を気取って　誰かれ問わず抱かれたって
縛られてないと不安なんだろう　君はまた夜を彷徨う
愛情が無くとも慰め合えれば　サティスファクション

存在する意味を見出せないで　むさぼる欲望

Round about city　消えちゃいそうだよ
頼りない程　小さな　myself
どこへ向かってる　何を欲しがってる
満たされぬ人々の夢に　oh God bless you

純情に飢えてる大人みたいな　Next ジェネレイション
影ある微笑みは　明日なき愛に怯えて見えた

Round about city　愛されたいんだよ
満たされぬまま　今夜も　Blue
自由と似てる　でもどこか違ってる
見よう見真似で装うスタイル
誰かが泣いてる　誰かが笑ってる
浮き足立つ路上の夢に　oh God bless you

Over

何も語らない君の瞳の奥に愛を探しても
言葉が足りない　そうぼやいていた君をふっと思い出す

今となれば
顔のわりに小さな胸や　少し鼻にかかるその声も
数え上げりゃ　きりがないんだよ　愛してたのに
心変わりを責めても空しくて

〝風邪が伝染(うつ)るといけないからキスはしないでおこう〟
って言ってた
考えてみると　あの頃から君の態度は違ってた

いざとなれば
毎晩君が眠りにつく頃　あいも変わらず電話かけてやる
なんて　まるでその気はないけど　わからなくなるよ

男らしさって一体　どんなことだろう?

夕焼けに舞う雲
あんな風になれたならいいな
いつも考え過ぎて失敗してきたから

今となれば
嘘のつけない大きな声や　家事に向かない荒れた手のひらも
君を形成(つく)る全ての要素を　愛してたのに
心変わりを責めても君は戻らない

いつか街で偶然出会っても　今以上に綺麗になってないで
たぶん僕は忘れてしまうだろう　その温もりを
愛しき人よ　さよなら

何も語らない君の瞳も　いつか思い出となる
言葉にならない悲しみのトンネルを　さぁくぐり抜けよう

フラジャイル

回れ回れメリーゴーランド　土足で人の心をえぐれ
泣いて笑って人類兄弟　死相の浮かぶ　裏腹な笑顔で

どうなってるんだろう？　ここ最近のニュース
お茶の間も揺れる混沌たるムード
傍観してんのも楽じゃない時代さ
日本全土に押し寄せる暴威

どいつも　こいつも　正義を　主張してんだな
メディアは数字(かず)より事実を　さぁ　追いかけろ！

「ねぇ　愛って何なの？」って彼女が聞いて
「さぁ　愛って何だろ」って僕が返して
考えてみても答えはないし
似たもの同士で一度寝ましょうか

いつかは　あんたも俺らも　灰になっちゃうんだよ
矛盾も　理不尽も　まとめて　さぁ　受けとめろ
教祖も教師も　なんだか　洒落(しゃれ)になんないじゃない
自分の手足で　ピンチを　さぁ　切り抜けろ　さぁ　切り抜けろ！

回れ回れメリーゴーランド　土足で僕の心をえぐれ
飲んで唄って人類兄弟　得体の知れぬ　あやふやな世界で

最近じゃめっきり潔くなって
コンプレックスさえ武器にしてるんです
何はともあれ人間関係はつらいや
無理とは知れどドラえもんが欲しいな

ロックで　愛する　家族を養ってんだよ
胃腸を壊しても　上手に歌い上げろ
またしても生まれた故郷を振り返ってんだろ
現実逃避な夢見て　さぁ　飛び降りろ

妥協も卑怯も場合によっちゃ有効だろ
優雅な理想はこのさい　もう切り捨てろ
国家も制度も　なんだか　あてになんないじゃない
自分の手足で　ピンチを　さぁ　乗り越えろ　さぁ　乗り越えろ！

また会えるかな

また会えるかな　また会えるかな
ほら僕は君が気になりだした
また会えるよね　また会えるよね
社交辞令であっても真に受けたいな

僕の大胆不敵な　恋愛観は
君にとってもきっと　プラスになんだ
お互いあれこれ事情があるんだもん
そりゃつべこべゆう奴だっていると思うけど

また会えたなら　次会う時は
愛聴盤や愛読書なんか持参で
ほんの一杯の　つもりで飲んで
青春時代みたいにして　夢並べて　夢並べて
Hey Hey Hey

曖昧模糊(あいまいもこ)とした表現なんて　金輪際(こんりんざい)とっぱらって
君と二人　愛を語り　めくるめくの世界へ

職場にて疲れきった体を
僕がそばにいて抱きしめたいな
いつも優柔不断じゃまずいだろう
〝やる時はやる〟ってな奴になってやろうじゃない

また会えたなら　次会う時は
君が悩み持ってたりすりゃいいな
守りたくとも　君が助けを
必要としてないんじゃまるで意味ないから
また会えるよね　また会えるよね
社交辞令であっても　真に受けたいな　真に受けたいな
Hey Hey Hey

シーラカンス

シーラカンス
　君はまだ深い海の底で静かに生きてるの？
シーラカンス
　君はまだ七色に光る海を渡る夢見るの？

ある人は言う　君は滅びたのだと
ある人は言う　根拠もなく生きてると
とは言え君が　この現代に渦巻く
メガやビットの海を泳いでいたとしてもだ
それがなんだって言うのか
何の意味も　何の価値もないさ

シーラカンス
　君はまだ深い海の底で静かに生きてるの？
シーラカンス

　君はまだ七色に光る海を渡る夢見るの？

ある人は言う　君は滅びたのだと
ある人は言う　根拠もなく生きてると
どうしたら僕ら　答えを見つけだせるの
どんな未来を目指すも　何処に骨を埋めるも
選択肢はいくつだってある
言うなれば自由
そして僕は微かに左脳の片隅で君を待ってる

シーラカンス
　僕の心の中に　君が確かに住んでいたような気さえもする
シーラカンス
　ときたま僕は　僕の愛する人の中に君を探したりしてる
　君を見つけだせたりする

手紙

過ぎ去りしあなたへ　想い出のあなたへ
かけがえのないものに気付きゆくこの頃です

ささいな事に情熱をぶつけ傷つけ合って
それさえも微笑みに変わります　今ならば

遠い夏を越えて　秋を過ぎて
あなたの事を想うよ
今でも会いたくて　寂しすぎて
愚かな自分を恨みもするけど

過ぎ去りしあなたへ　想い出のあなたへ
今じゃ別の誰かの胸に眠るはずだよね
花ゆれる春なのに

ありふれた Love Story

―男女問題はいつも面倒だ―

変わらぬ愛と信じきっていた二人
移りゆく季節を歩いてきた
若気の至りなんて他人は云う
ありふれた者同士の　Love Story

彼は重い鞄を引きずって
街中を駆け回ってるビジネスマン
追われるように過ぎ去っていく暮らし
夢見たもんと遠く離れていた　苛立っていた　戸惑っていた

映画にある様な出会いなど滅多にはないから
知人の伝手なんか頼っては恋を探してた
彼女は生まれた町から都会へ出たばかり
猜疑心と好奇心両手に抱え
悪戦苦闘くり返してる毎日で…

そして恋は生まれた　運命の糸が操っている様にも思えた
愛は尽きる事ない　想いは揺るがない
そう信じてた

深海

やがて二人は暮らし始めた
若さのわりに優雅なマンションで
互いのプライバシーを尊重して
上手くバランス取ってるはずだった
でも人生とはいつも困難で

いつしか二人嫌なムード　啀(いが)み合うばかり
冷めてく想いを分かっているくせに
気付かぬ振りでやり過ごしている

大人を気取れど
自我を捨てれない
辻褄(つじつま)合わせるように抱き合って眠る

「愛は消えたりしない　愛に勝るもんはない」なんて流行歌の戦略か？
そんじゃ何信じりゃいい？「明日へ向かえ」なんていい気なもんだ
混乱した愛情故(ゆえ)に友情に戻れない　男女問題はいつも面倒だ
そして恋は途切れた
一切合切飲み込んで未来へと進め

Mirror

いつの間にやり場もなくこんな想いを抱(いだ)いてた
ありふれて使い古した言葉を並べて
oh Love Love Love ……
oh Love Love Love ……

窓際に腰を下ろしてフォークギター鳴らしては
風立ちぬ夕暮れの空に向け歌う
そりゃ碌(ろく)でもなく　ポップなんてものでもなく
ましてヒットの兆(きざ)しもない
ただあなたへと想いを走らせた
単純明解な Love Song

舗道に沿って幸せそうに
歩き出した恋人達を
羨(うらや)むように讃えるように

そっと君を待っている

人前で泣いたことのない　そんな強気なあなたでも
絶望の淵に立って　迷う日もあるでしょう
夢に架かる虹の橋　希望の光の矢
愛を包むオーロラのカーテン
その全てが嘘っぱちに見えて　自分を見失う様なときは
あなたが誰で何の為に生きてるか　その謎が早く解けるように
鏡となり　傍(そば)に立ち　あなたを映し続けよう
そう願う今日この頃です

名もなき詩

ちょっとぐらいの汚れ物ならば　残さずに全部食べてやる
Oh　darlin　君は誰　真実を握りしめる

君が僕を疑っているのなら　この喉(のど)を切ってくれてやる
Oh　darlin　僕はノータリン　大切な物をあげる

苛立つような街並みに立ったって
感情さえもリアルに持てなくなりそうだけど

こんな不調和な生活(くらし)の中で　たまに情緒不安定になるだろう?
でも　darlin　共に悩んだり　生涯を君に捧ぐ

あるがままの心で生きられぬ弱さを　誰かのせいにして過ごしている
知らぬ間に築いていた自分らしさの檻(おり)の中で　もがいているなら
僕だってそうなんだ

どれほど分かり合える同志でも　孤独な夜はやってくるんだよ
Oh　darlin　このわだかまり　きっと消せはしないだろう

いろんな事を踏み台にしてきたけど
失くしちゃいけない物がやっと見つかった気がする

君の仕草が滑稽(こっけい)なほど　優しい気持ちになれるんだよ
Oh　darlin　　夢物語　逢う度に聞かせてくれ

愛はきっと奪うでも与えるでもなくて　気が付けばそこにある物
街の風に吹かれて唄いながら　妙なプライドは捨ててしまえばいい
そこからはじまるさ

絶望、　失望(Down)　　何をくすぶってんだ
愛、　自由、　希望、　夢(勇気)　　足元をごらんよきっと転がってるさ

成り行きまかせの恋におち　時には誰かを傷つけたとしても
その度心いためる様な時代じゃない
誰かを想いやりゃあだになり　自分の胸につきささる

だけど
あるがままの心で生きようと願うから　人はまた傷ついてゆく
知らぬ間に築いていた自分らしさの檻の中で
もがいているなら誰だってそう　僕だってそうなんだ

愛情ってゆう形のないもの　伝えるのはいつも困難だね
だから　darlin　この「名もなき詩(うた)」を
いつまでも君に捧ぐ

So Let's Get Truth

ゴミのようなダンボール
そこで眠る老婆
錆びた夢の残骸
明日は我が身
だけど素通りする素通りする素通りしたりする

駄目な日本の情勢を
社会派は問う
短命すぎた首相を
嘆くTV BLUES
みんな苦笑してる苦笑してる苦笑したりしてる

我は思想を持たぬ愚連隊です
若きこの世の雑草です
団塊の世代が産んだ愛の結晶は

今日もwalking in the street

子供らはたんこぶ作らず遊び
隣に習えの教養を
植え付けられて顔色を見て
利口なふり利口なふり利口なふりをするが
やがて矛盾を知り苦悩したり試行錯誤する
So Let's Get Truth……

マシンガンをぶっ放せ

あのニュースキャスターが人類を代弁して喋(しゃべ)る
「また核実験をするなんて一体どういうつもり？」
愛にしゃぶりついたんさい
愛にすがりついたんさい

やがて来る〝死の存在〟に目を背(そむ)け過ごすけど
残念ですが僕が生きている事に意味はない
愛せよ目の前の不条理を　憎めよ都合のいい道徳を
そして僕に才能をくれ

見えない敵にマシンガンをぶっ放せ Sister and Brother
正義も悪もないこの時代を行進していく兵士です
殺人鬼も聖者も凡人も共存してくしかないんですね
触らなくたって神は祟(たた)っちゃう
救いの唄は聞こえちゃこないさ

参考書を持って挑んだんじゃ一生謎は解けぬ
良識を重んじてる善人がもはや罪だよ
愛せよ目の前の疫病を　憎めよ無能なる組織を
そして僕にコンドームをくれ

僕は昇りまた落ちてゆく　愛に似た金を握って
どうせ逆らえぬ人を殴った　天使の様な素振りで
毒蜘蛛も犬も乳飲み子も共存すべきだよと言って
偽らざる人がいるはずないじゃん
この現実に目を向けなさい

愛せよ単調な生活を　鏡に映っている人物を
憎めよ生まれてきた悲劇を　飼い慣らされちまった本能を
そして事の真相をえぐれ

見えない敵にマシンガンをぶっ放せ Sister and Brother
天に唾を吐きかけるような行き場のない怒りです
宗教も科学もUFOも信じれるから悲惨で
絡まりあって本心偽って　めくるめくの every day
僕は昇りまた落ちてゆく　何だってまかり通る世界へ

ゆりかごのある丘から

草原には優しい風が吹いていて
草花達が一日中ワルツを舞ってた
鳥達の賛美歌をミツバチが運んできて
それが僕らの耳元で飛び交ってた

ゆりかごがそこにはいつも置いて有り
腰掛けた君の揺れる髪を撫(な)でる度
柔らかな香りが僕を包み込み
思わず僕はその髪にキスをする

いつもここで待ち合わせて
君の作ったランチを食べてたっけ…

でも僕が戦場に行っているその間
君は大人になってしまっていて

あの約束を頼りに　生き延びて戻ったのに
君はもう違う誰かの腕の中
そして僕は一人

草原はあの日のままの優しさで
くたびれて戸惑う僕をそっと包み込む
争いには勝ったけど大事な物を失くして
一体僕は何をしていたのだろう

ぼくの肩に頭のせた
君の写真ゆりかごに置いて見て

一度だけ君がくれた　手紙を読み返したら
気付けなかった寂しさが降ってきて
ごめんねとつぶやいても
もうどうなる訳でもなく
切なさがギュッと胸をしめつける
Ah　僕が戦場に行っているその間
君はもう違う誰かの腕の中
そして僕は一人

虜

雄弁に喋れば喋るほど
慎重な君はまた身構える
どうなってんだ？ 分かってくれやしない
本当の俺を

金曜日に奴に会ってきたろう？
簡単に別れ切り出せたの？
どうだったんだ　把握していたい
最低な君を

狂った様に抱きしめ合った後で
胸の奥が軋(きし)むよ
滅茶苦茶に傷つけてみたい気分
無謀なのは承知だぜ　だけど傍にいたい
愛を信じたい

親友から聞いた噂によりゃ
相当癖のある女だって事
なんだってんだ!! 分かってやしない
最新の君を

優しさに飢えて見えるのは多分
卑屈な過去の反動
孤独な少女を引きずってんだろう
不能になるまでずっと束縛されてたい

take me to Heaven
give me your love

寝ても覚めても
君が離れない
虜(とりこ)となって天国へと昇ろうか

花

—Mémento-Mori—

ため息色した　通い慣れた道
人混みの中へ　吸い込まれてく
消えてった小さな夢をなんとなくね　数えて

同年代の友人達が　家族を築いてく
人生観は様々　そう誰もが知ってる
悲しみをまた優しさに変えながら　生きてく

負けないように　枯れないように
笑って咲く花になろう
ふと自分に　迷うときは
風を集めて空に放つよ　今

恋愛観や感情論で　愛は語れない
この想いが消えぬように　そっと祈るだけ

甘えぬように　寄り添うように
孤独を分け合うように

等身大の自分だって
きっと愛せるから
最大限の夢描くよ
たとえ無謀だと他人が笑ってもいいや

やがてすべてが散り行く運命(さだめ)であっても
わかってるんだよ　多少リスクを背負(しょ)っても
手にしたい　愛・愛

負けないように　枯れないように
笑って咲く花になろう
ふと自分に　迷うときは
風を集めて空に放つよ
ラララ……
心の中に永遠(とわ)なる花を咲かそう

深海

僕の心の奥深く
深海で君の影揺れる
あどけなかった日の僕は
夢中で君を追いかけて
追いかけてたっけ

シーラカンス
これから君は何処へ進化むんだい
シーラカンス
これから君は何処へ向かうんだい

失くす物など何もない
とは言え我が身は可愛くて
空虚な樹海を彷徨うから
今じゃ死にゆくことにさえ憧れるのさ

シーラカンス
これから君は何処へ進化（すす）むんだい
シーラカンス
これから君は何処へ向かうんだい
シーラカンス
これから君は何処へ進化（すす）むんだい

連れてってくれないか
連れ戻してくれないか
僕を　僕も

Love is Blindness

シーツにくるまって夜の闇を泳ぐ
密室に住む熱帯魚　それが私達です

罪深き秘密を　この胸にしまって
墓場まで持って行けるかな
Love is Blindness　Love is Blindness
君以外は欲しくない

今まで過ごしてきた　どんな自分よりも
君と生きる現在が　いとしく思えるんです

例えば人道に背く行為というなら
虫ケラとなって愛を誓う

Love is Blindness　Love is Blindness

聖者でなんかいられない

罪深き秘密を　この胸にしまって

墓場まで持って行けるかな

Love is Blindness　Love is Blindness

君以外は欲しくない

Love is Blindness　Love is Blindness

旅人

安直だけど　純粋さが胸を打つのです
分かってながら　僕らは猥褻（わいせつ）

情報過多で　簡略化だぜ　文明の利器は
僕らをどうして　何処へ運んでく

誰だってしんどい
集団で牛丼食べて　孤独な想いを消してんだ
ほらもう少しの辛抱　あわてん坊よ焦るな

忘れ去られた人情味を探して
彷徨っている僕らって　愛に舞う旅人
うつむかないで天上を見よ
転ばぬ先の　杖なんていらない
でも　心配　そんで今日もまた神頼み

愛情の表現なんてのは十人十色です
僕に構わず　先に行ってくんさい

裸で抱き合って
隣人と将来などを不安な想いで見つめんだ
悩みは尽きないや　切ないがぐれるな

恋に身を投げるロミオ
美談にならない時代だ　よって僕もまた旅人
言い訳せずに実行せよ
正当化せず　答えを探そう
ありがとう　こんな僕に付き合ってくれて

どうせ駄目ならやってみよう
数え切れぬ絶望を味わった夢を追う旅人
この人生をまっとうせよ
誰のものでもないと図に乗って　しくじって
そんで今日もまた神頼み

デルモ

東京ーパリ間を行ったり来たりして
順風満帆(まんぱん)の20代後半だね
バブリーな世代交代の波押し退(の)けて
クライアントに媚(こ)び売ったりなんかして

いつも自己管理　ダイエット　睡眠不足
華やかな様であって　死んだ気になりやってんだ

デルモって言ったら「えっ！」ってみんなが　一目置いて扱って
4、5年も前ならそんな感じに　ちょっと酔いしれたけど
寂しいって言ったら　ぜいたくかな
かいかぶられて　いつだって
心許せる人はなく　振り向けば一人きり

自分の男性観が　屈折しているのに
マザコンだらけの　世代を笑ってみたり
毎晩オサカンな　無名時代の友と
長距離電話　そんでもって　彼女が云うには
「こんな事聞いて誤解しないでよ
縛られるのって　結構気持ちいいかもしんないな」

あのね　この間　ふと思ったの　〝幸せ〟って　つまり何なのよ
結婚であったり　恋が女の　全てじゃないにしても
心にポッカリ空いたまんまの　穴を何が埋めてくれるの
嬉しいよな　悲しいよな　時には涙　モデル

母の優しき面影を　追いかけて唄う　ふるさとの子守唄

デ・ル・モって言ったら「あっ!」ってみんなが　ものめずらし気に見ちゃって
10代の頃はそんな感じを　ひたすら夢見たけど
苦しいって言ったら　大げさかな
かいかぶられて　いつだって
心開ける人はなく　気が付けば一人きり
この間また思ったの　〝幸せ〟って　つまり何なのよ
「子供作っちゃえば!?」ってみんなが　軽いノリで言うけど
私にとっては深刻なの　満たされなくて　いつだって
嬉しいよな　悲しいよな　ちょっぴり涙　モデル

まだまだ若いの（デルモ）　輝いてたいの（デルモ）
私が世界の　（デルモ）　＊水泳大会の　おりも政夫

＊この一行は本作品のコンセプト、物語と一切関係ありません

Everything (It's you)

世間知らずだった少年時代から　自分だけを信じてきたけど
心ある人の支えの中で　何とか生きてる現在の僕で

弱音（よわね）さらしたり　グチをこぼしたり
他人の痛みを　見て見ないふりをして

幸せすぎて大切な事が　解りづらくなった　今だから
歌う言葉さえも見つからぬまま　時間に追われ途方に暮れる

愛すべき人よ　君も同じように
苦しみに似た　想いを抱いてるの

STAY

何を犠牲にしても　守るべきものがあるとして
僕にとって今君が　それにあたると思うんだよ

夢追い人は旅路(たびじ)の果てで　一体何を手にするんだろ
嘘や矛盾を両手に抱え　「それも人だよ」と悟れるの？

愛すべき人よ　君に会いたい
例えばこれが　恋とは違くても

STAY

僕が落ちぶれたら　迷わず古い荷物を捨て
君は新しいドアを　開けて進めばいいんだよ

STAY

何を犠牲にしても　手にしたいものがあるとして
それを僕と思うのなら　もう君の好きなようにして
自分を犠牲にしても　いつでも
守るべきものは　ただ一つ
君なんだよ
いつでも　君なんだよ

タイムマシーンに乗って

ド派手なメイクをしてた　ロックスターでさえ
月日が経ってみりゃ　ジェントルマン
時が苦痛ってのを　洗い流すなら
タイムマシーンに乗って　未来にワープしたい

前略　宮沢賢治様
僕はいつでも　理想と現実があべこべです
「雨ニモマケズ　風ニモマケズ」
優しく強く　無欲な男
「ソウイウモノ」を目指してたのに

管理下の教室(コヤ)で　教科書を広げ　平均的をこよなく愛し
わずかにあるマネーで　誰かの猿真似(さるまね)
それが僕たちの世代です

How do you feel?　どうか教えておくれ　この世に生まれた気分はどんなだい？
How do you feel?　飽食の土地で　優雅に息する気分はどんなだい？

人生はアドベンチャー　たとえ踏み外しても
結局楽しんだ人が　笑者です

前略　ルイ・アームストロング様
次の世代にも　しゃがれた声で歌ってやってくれ
心を込めて「ワンダフルワールド」

恋の名の元に　少女は身を売り　プライドを捨てブランドを纏（まと）った
マスコミがあおりゃ　若さに媚売る
時代の着せ替え人形です

How do you feel?　どうか答えておくれ　この地で死にゆく気分はどんなだい？
How do you feel?　安定した暮らしに　老いてくだけの自分ならいらんのだ

侵略の罪を　敗戦の傷を　アッハッハ　嘲笑（あざわら）うように
足並み揃えて　価値観は崩壊してる
オットット　こりゃまるでタイトロープダンシング

君に幸（さち）あれ　きっと明日は晴れ
本心で言えるならいいですね

How do you feel?　どうか教えておくれ　この世に生まれた気分はどんなだい？
How do you feel?　どうか水に流してくれ　愚かなるこのシンガーのぼやきを
How do you feel?　どうか教えておくれ　この地で死にゆく気分はどんなだい？

Brandnew my lover

奇妙な　夢見るような気分で胸に抱かれて
無重力　おまえの宇宙へと引きずり込んでおくれ

無礼な　口の利き方も知らない小娘
孤独な　夜の為の生け贄がこの俺

Kiss me......　（溺れる者が藁にもすがるように）
Kiss me......　（浮き沈みしながら人は愛をむさぼる）
Kiss me......　（ナルシズムと自虐の狭間で彷徨う）
Kiss me......　残酷に飼い慣らし　快楽の奴隷にして

Brandnew my lover
モザイクの身体　存在自体がもうすでに意味深
Brandnew my lover
Fuckする豚だ　始めようよ　愛欲のA.B.C

淀んだ　ゲスな世間の裏側を旅して
華麗な　その秘密の手解きでやられたい

Kill me ...... （血を流す度に生きてる事に気付き）
Kill me ...... （騙(だま)し合いながら真実へと辿(たど)り着く）
Kill me ...... （古き良き愛の幻想など今はない）
Kill me ...... 見え透いた嘘もいい　優しく殺してくれ

Brandnew my lover
不細工な面だ　鎖で縛られた美意識
Brandnew my lover
恥じらいは邪魔だ　麻酔かけられたようなEcstasy

Brandnew my lover
モザイクの身体　今夜もしなやかにUp side down
Brandnew my lover
もう壊れそうだ　愛してるなんて言わないでくれ

Brandnew my lover
あがいても無駄だ　麻酔かけられたようなEcstasy
Brandnew my lover
Fuckする豚だ　果てしない　愛欲のA.B.C
そして X.Y.Z　All I want is you

【es】

―Theme of es―

Ah　長いレールの上を歩む旅路だ
風に吹かれ　バランスとりながら
Ah　〝答え〟なんてどこにも見当たらないけど
それでいいさ　流れるまま進もう

手にしたものを失う怖さに
縛られるぐらいなら勲章などいらない

何が起こっても変じゃないそんな時代さ覚悟はできてる
よろこびに触れたくて明日(あした)へ　僕を走らせる「es」

Ah　自分の弱さをまだ認められずに
恋にすがり　傷つけるたび思う

「愛とはつまり幻想なんだよ」と
言い切っちまった方がラクになれるかもなんてね

甘えや嫉妬やズルさを抱えながら誰もが生きてる
それでも人が好きだよそして　あなたを愛してる

Oh　なんてヒューマン
裸になってさ　君と向き合っていたい
栄冠も成功も地位も名誉も
たいしてさ　意味ないじゃん

今ここにいる自分をきっと誰もが信じてたいのさ
過ぎた日々に別れ告げて君は歩き出す
何が起きても変じゃないそんな時代さ覚悟はできてる
よろこびに触れたくて明日へ　僕を走らせてくれ

僕の中にある　「ｅｓ」

シーソーゲーム

―勇敢な恋の歌―

愛想なしの君が笑った　そんな単純な事で
遂(つい)に肝心な物が何かって気付く
打ち明け話にあった純情を捧げたっていう奴に
大人げなく嫉妬したりなんかして

ねえ　等身大の愛情で挑んでるのに　世間は暗い話題

恋なんて言わばエゴとエゴのシーソーゲーム
いつだって君は曖昧なリアクションさ
友人の評価はイマイチでも She So Cute
順番を待ってたんじゃつらい　勇敢な恋の歌

劣等感を逆手にとってわがままばかりの君が
隠し持った母性本能は凄い

ねえ　変声期みたいな吐息でイカせて
野獣と化して　Ah Ah

何遍も恋の辛さを味わったって
不思議なくらい人はまた恋に落ちてゆく
運命のイタズラってやつも考慮して
照準を絞ってステップアップしたい　そう祈って眠るだけ

アダムとイブの時代から　流れくる我らの血潮
愛の神秘に魅(み)せられて　迷い込む恋のラビリンス

シーソーゲーム　世界中の誰もが
シーソーゲーム　業(ごう)の深い生命体
シーソーゲーム　過ちを繰り返す人生ゲーム
シーソーゲーム

恋なんて言わばエゴとエゴのシーソーゲーム
図に乗って君はまたノーリアクションさ
何遍も恋の苦さを味わったって
不気味なくらい僕は今恋に落ちてゆく
愛想が尽きるような時ほど She So Cute
お望み通り Up Side Down
勇敢な戦士みたいに愛したいな

傘の下の君に告ぐ

限りなく理想に近い様に見える　この文明は日進月歩
鎬(しのぎ)を削って企業は先を競う
一般市民よ　平凡な大衆よ　さぁ　コマーシャルに酔って踊ってくれ…

あっぱれヒットパレード　うわっぱりのオンパレード
慰霊の歌を贈ろう
資本主義にのっとり　心をほっぽり　虚栄の我が日本です

数字次第でスポンサーは動き　古き良き時代を消去
時代錯誤だって寅次郎は謳う
人生って奴が何たるかを　愛情って奴が何たるかを

遠からず近からず　声からす旅がらす　見栄を切ってちょうだい
微笑みのその裏で　血と汗を流すから　生命の息吹感じるんだ

愛さえも手に入る自動販売機さ
屈折した欲望が溢れる街
とことんやってくれ　僕を飲み込んでくれ
でないとこんな歌　明日も作んだろう
夢も希望もありゃしないさ

あっぱれヒットパレード　うわっぱりのオンパレード
憂いの歌は売れない
がっぽり儲けて　死ぬまで生きても　栄光なんて言えない
資本主義にのっとり　心をほっぽり　虚栄の我が日本です

絶え間なく　啀(いが)み合ってみても　僕等は五十歩百歩
幸せ示す道標(みちしるべ)はない
いつの日にか　その手で奪い取れ

ALIVE

この感情は何だろう　無性に腹立つんだよ
自分を押し殺したはずなのに
馬鹿げた仕事を終え　環状線で家路を辿る車の中で

全部おりたい　寝転んでたい
そうぼやきながら　今日が行き過ぎる

手を汚さず奪うんだよ　傷つけずに殴んだよ
それがうまく生きる秘訣で
人類は醜くても　人生は儚くても　愛し合える時を待つのかい

無駄なんじゃない　大人気ない
知っちゃいながら　さぁ　行こう

夢はなくとも　希望はなくとも　目の前の遥かな道を
やがて何処かで　光は射すだろう　その日まで魂は燃え

誓いは破るもの　法とは犯すもの
それすらひとつの真実で
迷いや悩みなど　一生消えぬものと思えたなら
ボクらはスーパーマン

怖いものなんてない　胸を張ってたい
そして君と　さぁ　行こう

意味はなくとも　歩は遅くとも　残されたわずかな時を
やがて荒野に　花は咲くだろう　あらゆる国境線を越えて

さぁ　行こう

報いはなくとも　救いはなくとも　荒れ果てた険しい道を
いつかポッカリ　答えが出るかも　その日まで魂は燃え

夢はなくとも　希望はなくとも　目の前の遥かな道を
やがて荒野に　花は咲くだろう　あらゆる国境線を越え

幸せのカテゴリー

通り過ぎる愛の言葉
唇を重ねたって孤独な風　胸を吹き抜ける

出会った日の弾む鼓動は
日常と言う名のフリーザーの中で　とうに凍りついてる

〃夢のような毎日が　手を伸ばせばそこに立ってる〃
そんなふうに自分に　言い聞かせて過ごしてたけど

傷つく事　傷つける事が
互いになんとなく面倒くさかっただけ
形式（かたち）だけに目を奪われて
ただスマートに納まってようとした二人
今となっては
消えゆく幸せの Category

誰かの忠告も聞かず
不吉な占いを笑い飛ばしてた　まだ無防備だった頃

限りなく全てが　　　上手くいってるように思ってた
幸せってあまりに　　もろく儚いものなんだね

日のあたる場所に続く道
違う誰かと歩き出せばいいさ
恋人同士ではなくなったら
君のいいとこばかり思い出すのかな？
当分はそうだろう
でも君といるのは懲り懲り

本当の自分なんて　　何処にもいないような気がしてる
だからこそ僕らは　　その身代わりを探すんだね
恋の旅路は続くんだね

もう何も　望みはしないけど
最近はちょっぴり解りかけてるんだ
愛し方って　もっと自由なもんだよ
君もいつしかその事に気付くのだろう
じゃあその日まで
さよなら幸せの Category

everybody goes
―秩序のない現代にドロップキック―

複雑に混(こ)ん絡(がら)がった社会だ　組織の中でガンバレ　サラリーマン
知識と教養と名刺を武器に　あなたが支える　明日の日本

そしてyou　晩飯も社内で一人　インスタントフード食べてんだ
ガンバリ屋さん　報われないけど

上京して3年　彼女にすりゃchance　地道なダイエットの甲斐もあって
カメラの前で悩ましげなポーズ　そして　ベッドじゃ　社長の上に股がって

oh you　それでも夢みてる　ムービースター
世間知らずの　お人好しさん　相変わらず　信じてる

everybody goes　everybody fights
秩序のない現代に　　　　ドロップキック
everybody knows　everybody wants でも No No No No
皆(みんな)　病んでる

愛する一人娘の為に　良かれと思う事はやってきた
〝教育ママ〟と近所に呼ばれても　結構家庭円満なこの18年間

でもyou　娘は学校フケて　デートクラブ
で、家に帰りゃ　またおりこうさん　可憐な少女　演じてる

everybody goes　everybody fights
羞恥心(しゅうちしん)のない十代に　　水平チョップ
everybody knows　everybody wants　そして Yes Yes Yes Yes
必死で生きてる

Ah　仕事の出来ない連中はこう言う　「あいつは変わった　自惚屋(うぬぼれや)さん」
こんなにガンバッてるのに

everybody goes　everybody fights
退屈なヒットチャートに　ドロップキック
everybody knows　everybody wants
明るい未来って何だっけ？
everybody goes　everybody fights
秩序のない現代に　　水平チョップ
everybody knows　everybody wants でも No No No No
皆　病んでる
必死で生きてる

ボレロ

まるで病　もう神も仏もない
紛れもなく　これが恋って言うもんです
心なんてもんの実体は　知らんけど
身体中が君を　求めてんだよ

『君しかいない　君こそ未来』
言葉は皆　空虚　宙に舞うんです
悩める世界全体の一大事も
無関心でいられちゃう　この想いを
知ってて　ねえ　知ってて

いつだって年中無休で　君を愛してゆく
七転八倒の人生も　笑い飛ばしてゆく
感情をむき出しにして
朝から晩まで　裸のままで　暮らしたい

今度こそ本物なんだって　君が言うのなら
小便臭い十代の恋を　笑い飛ばしてくれ
本能のまんま自由にして
夜のベランダで　裸のまんまで　暮らしたい
ひるむ事のない　想いは明日（あす）へと
続いてく

Tomorrow never knows

とどまる事を知らない時間(とき)の中で
いくつもの移りゆく街並を眺めていた
幼な過ぎて消えた帰らぬ夢の面影を
すれ違う少年に重ねたりして

無邪気に人を裏切れる程　何もかもを欲しがっていた
分かり合えた友の愛した女(ひと)でさえも

償(つぐな)う事さえ出来ずに今日も傷みを抱き
夢中で駆け抜けるけれども　まだ明日(あす)は見えず
勝利も敗北もないまま孤独なレースは続いてく

人は悲しいぐらい忘れてゆく生きもの
愛される喜びも　寂しい過去も

今より前に進む為には　争いを避けて通れない
そんな風にして世界は今日も回り続けている

果てしない闇の向こうに　　oh oh　手を伸ばそう
誰かの為に　生きてみても　oh oh　Tomorrow never knows
心のまま僕はゆくのさ　誰も知る事のない明日（あした）へ

　優しさだけじゃ生きられない
　別れを選んだ人もいる
　再び僕らは出会うだろう
　この長い旅路のどこかで

果てしない闇の向こうに　　oh oh　手を伸ばそう
癒える事ない傷みなら　いっそ引き連れて
少しぐらい　はみだしたっていいさ　oh oh　夢を描こう
誰かの為に生きてみたって　oh oh　Tomorrow never knows
心のまま僕はゆくのさ　誰も知る事のない明日へ

独り言

いつも笑っていたいんだけれども
時がそれを許しはしないだろう
いつだって君と居たいんだけれども
時がそれを許しはしないだろう

君が不満を抱(いだ)いているものを
少しぐらいは感じとっているんだよ
妥協し合えばいいんだろうけど
僕がそれを許しはしないだろう

Ah 一丁前に　スケールでかい事を
言ったりして　言ったりして

誰かの呼ぶ声がするけど
今は答えなくたっていいだろう?

独り言のような唄だよ
君にだけに聞こえりゃいいんだよ

もう少し前へ　あと一歩前へ
おいでよ　おいでよ
てな事を
言ったりして　言ったりして

DISCOVERY

空き缶を蹴り飛ばして　悲しみをポケットにしまって
振り向かずに　DISCOVERY
険しくとも歩みゆく　ただ君の手を取って
真直ぐに　DISCOVERY

夕立に襟（えり）を立て　水たまりに自由を写して
僕らなりに　DISCOVERY
大切な人を失くして　時が流れ忘れ
浮かばれんが　DISCOVERY

大地を切り開いて　魂を解き放て
成せば成る　DISCOVERY
心に翼を持って　この愛を両手に抱いて
振り向かずに　DISCOVERY

光の射す方へ

蜘蛛(くも)の巣の様な高速の上　目的地へ5km　渋滞は続いてる
最近エアコンがいかれてきてる
ポンコツに座って　心拍数が増えた

社会人になって　重荷を背負って　思い知らされてらぁ
母親がいつか愚痴る様に言った
「夏休みのある小学校時代に帰りたい」

夕食に誘った女の　笑顔が下品で　酔いばかり回った
身振り手振りが大袈裟で　東洋人の顔して　西洋人のふりしてる

ストッキングを取って　すっぽんぽんにしちゃえば
同じもんがついてんだ
面倒臭くなって　送るのもよして
独りきり情熱を振り回す　バッティングセンター

僕らは夢見たあげく彷徨って
空振りしては骨折って　リハビリしてんだ　wow　wow
いつの日か　君に届くならいいな
心に付けたプロペラ　時空を超えて　光の射す方へ

「電話してから来てちょうだい」って
慣れた言い回しで　合い鍵をくれんだ
マスコミが恐いから　結局は　貯金箱の中にそいつをしまった

誰を信用して　何に奮闘して　この先歩けばいい？
デキレースでもって　勝敗がついたって
拍手を送るべき　ウィナーは存在しない

僕らは夢見るあまり彷徨って
大海原で漂って　さぶいぼたてんだ　wow　wow
もっとこの僕を愛して欲しいんだ
月夜に歌う虫けら　羽を開いて　光の射す方へ

散らかってる点を拾い集めて　真直ぐな線で結ぶ
闇を裂いて海を泳ぎ渡って　風となり大地を這(は)う
限りあるまたとない永遠を探して
最短距離で駆け抜けるよ　光の射す方へ

Prism

転んだ時だけ　気付く混凝土（コンクリート）の固さ
失って寂しくって　歌うあの日のLove song
思いしらしてよ　君の偉大さを

自分に嘘をつくのが　だんだん上手くなってゆく
流れ行く時代に　しがみつく僕を
笑い飛ばしてよ

世間や社会が　どんなに醜くても
いつだって君にだけ　真実を話せたのに
戻っておいでよ　何もない顔してさ

仮面を着けた姿が　だんだん様になってゆく
飾りたてた　言葉を吐いては
笑うよ自ら

どうしてなんだろう
何もかもが　憂鬱

自分に嘘をつくのが　だんだん上手くなってゆく
流れ行く時代に　しがみつく僕を笑って
仮面を着けた姿が　だんだん様になってゆく
今日も一人　立ちすくむ僕を
もう一度　支えてよ
傍に居て　笑ってみてよ

アンダーシャツ

練りに練られたカリキュラムにそって
若年寄りはトレンド志向の強いDream
あなたも私も何かが足りない　心の隙間を金で満たしCheers
デザイナーズブランド　インポートワイン
〝高価(たか)い物がいいもん〟の理論
叩き込まれて　僕等は不敵

何処かの国では宗教がらみの正義をめぐって
しかけるプラスティックボム
ご飯は残して外国から仕入れて　平和でいいな戦争の無い国
フリースタイルジャズ　モータウンサウンド
ウエストコースト　カントリーにテクノ
ジャンルはともかく　音を鳴らせ
泣いて　笑って　叫んで　溢れ出すエゴ

抱いて　触って　歌って　魂よ癒えよ
心はいつでも　真っ白なアンダーシャツ

金縛りにあい涙をためても　隣の女の態度は他人行儀
テレビをつければバブルがはじけて
私腹を肥やして捕まる参議院議員
スリーオンスリー　ロッククライミング
フットサル　フリスビーにゴルフ
なりふりかまわず　汗を流せ

飛んで　走って　転んで　体脂肪よ燃えよ
吸って　吐いて　吐いて　魂よ癒えよ
朝から晩まで　真っ白なアンダーシャツ

何から何まで意味なく思えて　紳士な振りして静かに飲むGIN
いつかは誰もがやがては誰もが　死にゆく自分を愛せるだろう

泣いて　笑って　叫んで　きりがないエゴ
抱いて　触って　歌って　魂よ癒えよ
食って　飲んで　眠って　起きて
生まれて　生きて　死んで　魂よ癒えよ
心はいつでも　真っ白なアンダーシャツ
冬でも夏でも　真っ白なアンダーシャツ

ニシエヒガシエ

また　君の中の常識が揺らいでる
知らなきゃ良かったって　思う事ばっかり
そして　いつしか慣れるんだ
当り前のものとして　受け入れるんだ

片一方は天使　もう一方は悪魔で
分裂しそうなんだ　抗鬱剤をちょうだい
暗い未来を防ぐんだ
永い迷宮みたいな　青春だ

張り付けの刑になったって　明日(あす)に向かって生きてくんだって
ただじゃ転びやしませんぜって　非常事態ってやつも歓迎です
ニシエヒガシエ

受け売りの知識　教養などを頬張り

胸やけしそうなら　この指とまれ
こんな　やっかいな人生だ
おまえが信じてる道を　進むんだ

愛だ恋だとぬかしたって　所詮は僕等アニマルなんです
人は悲しい性をもって　破裂しそうな悩み抱えて
必死で　猛ダッシュです

夢や理想にゃ　手が届かないが
不満ならべたって　きりがないし
昨日の僕になんて　バイバイ
明日を担って　風にまたがって
ニシエヒガシエ

張り付けの刑になったって　明日に向かって生きてくんだって
ただじゃ転びやしませんぜって　非常事態ってやつも歓迎です
ニシエヒガシエ
必死で　猛ダッシュです

Simple

マイナス思考で悩みまくった結果
この命さえも無意味だと思う日があるけど
「考え過ぎね」って君が笑うと
もう10代の様な無邪気さがふっと戻んだ

10年先も　20年先も　君と生きれたらいいな
悲しみを連れ　遠回りもしたんだけど
探してたものは　こんなシンプルなものだったんだ

喧嘩した時には欠点でもあんだけど
自分に正直で遠慮の無いとこにひかれんのさ
互いに背負った傷をいつしか
ちょっとはにかんで交換し合えたならいいな

寂しい曲も　哀しい曲も　君と奏でればいいや

失ったものを　さりげなく憂いながら
微かな戸惑いを　そっと吐き出しながら

ざあざあ降りの雨を全身で受けながら
凛々(りんりん)と茂るあの草木の様に
強く　強く

10年先も　20年先も　ずっと傍に居て欲しいんだ
悲しみを連れ　遠回りもしたんだけど
探してたものは　こんなシンプルなものだったんだ
君となら　何だって信じれる様な気がしてんだ
探してたものは　こんなシンプルなものだったんだ

I'll be

気が付きゃ勇み足　そんな日には　深呼吸をしてみるんだ
Tシャツの中を泳ぐ風と　共に歌いながら
乾きを癒せない砂漠の様に　何だって飲み込んでしまえる
そんな漠然としたイメージだけが　今日も僕を支えてんだ

街がジオラマみたくみえるビルの最上階
形を変えながら飛ぶ雲が見えるかい？
今日はゾウ　明日(あす)はライオンてな具合に
心はいつだって捕らえようがなくて
そんでもって自由だ

生きている証を　時代に打ち付けろ　貧弱な魂で　悪あがきしながら
何度へましたっていいさ　起死回生で毎日がレボリューション
人生はフリースタイル　孤独でも忍耐　笑いたがる人にはキスを
そしていつだって　I say yes.
I'll be there

ピーナッツをひとつ　噛み砕きながら　飲み込んでしまった想いは
真夜中　血液に溶けて　身体中をノックした

いつも心にしてたアイマスクを外してやればいい
不安や迷いと無二の親友になればいい
旅立とう　明日は無いぞってな具合に
胸に刻みながら一歩ずつ進んで
いつだって夢中だ

賭甲斐無い自分に　銃口を突き付けろ　当たり障り無い　道を選ぶくらいなら
全部放り出して　コンプレックスさえもいわばモチベーション
人生はいつもQ&Aだ　永遠に続いてく禅問答
そしていつの日か僕も　dead
I'll be back

駆け引きの世界で　僕が得たものを
ダストシュートに投げ込むよ
白地図を広げて　明日(あした)を待っていたい

目一杯の助走をつけて　あのボーダーラインを飛ぶんだ
風向きを味方につけて　猫背を気にしながら

生きている証を　時代に打ち付けろ　貧弱な魂で　悪あがきしながら
何度へましたっていいさ　起死回生で毎日がレボリューション
人生はフリースタイル　孤独でも忍耐　笑いたがる人にはキスを
そしていつだって　I say yes.
I'll be there

#2601

ルームサービスの食事など嫌　怒鳴り声上げては悩んで
パラシュートで飛び降りたいな　ホテルから覗(のぞ)く望遠レンズ

ミシェル・ファイファーの唇が好き　ドレスから覗く鎖骨も好き
ビデオテープを生きがいにして　旅から旅へのツアーバンド

愛とは何と問えば
歌の中にあると答えよう
言うなれば僕ら　愛の伝道師
北へ南へ　答えを探して

壊れかけた夢の続きは誰と見る
破れかぶれのまま今宵(こよい)は誰と寝るの？

ヒステリックな声を上げて　おなごたちは跳ね回る

意味なんて無くたって素敵　日常を忘れてみないか

夢は叶うよなんて
軽はずみで口にしないが
言っちゃうぞ　君は夢の救世士
北へ南へ　答えを探して

忘れられた愛は果たして何処にある
破れかぶれのまま今宵は誰と寝る
誰と寝るの？

ミシェル・ファイファーの唇が好き
「恋の行方」見てはしごいて　いやはやしごいて

壊れかけた夢の続きは誰と見る
破れかぶれのまま今宵は誰と寝る
忘れられた愛ははたして何処にある
破れかぶれのまま今宵は誰と寝る
誰と寝るの？

ララ

ちっぽけな縁起かついで　右足から家を出る
電車はいつもの街へ　疲れた身体を運ぶ

昨日と違う世界　あったっていいのに　僕も欲しいのに

簡単そうに見えてややこしく　困難そうに思えてたやすい
そんな La La La　そんな La La La　探してる　探してる

〝葡萄酒(ぶどうしゅ)が体にいいぞ〟と並ぶ週刊誌の見出し
長生きはしたくもないけど　なにげに酒屋を覗く

いろんな情報が行き交う　要りもしないのに　手を出してみたり

参考書よりも正しく　マンガ本よりも楽しい
そんな La La La　そんな La La La　探してる　探して

ラララ…

ニュースは連日のように　崖っぷちの時代を写す
悲しみ　怒り　憎しみ　無造作に切り替えて行く

明日(あす)を生きる子供に　何をあたえりゃいい？
僕に出来るだろうか？

太陽系より果てしなく　コンビニより身近な
そんな La La La　そんな La La La　探してる　探してる

無くてはならぬものなど　あんまり見当たらないけど
愛する人も同じように　今日も元気で暮らしてる

一人じゃない喜び　なにはなくとも　それで良しとしようか

簡単そうに見えてややこしく　困難そうに思えて容易(たやす)い
そんな La La La　そんな La La La　探してる　探してる

赤い夕日が燃えて沈んで　長い夜を越えて昇る
今日も La La La　明日も La La La　探してく　探してく
ラララ…

終わりなき旅

息を切らしてさ　駆け抜けた道を　振り返りはしないのさ
ただ未来だけを見据えながら　放つ願い
カンナみたいにね　命を削ってさ　情熱を灯しては
また光と影を連れて　進むんだ

大きな声で　声をからして　愛されたいと歌っているんだよ
「ガキじゃあるまいし」　自分に言い聞かすけど　また答え探してしまう

閉ざされたドアの向こうに　新しい何かが待っていて
きっときっとって　僕を動かしてる
いいことばかりでは無いさ　でも次の扉をノックしたい
もっと大きなはずの自分を探す　終わりなき旅

誰と話しても　誰かと過ごしても　寂しさは募るけど
どこかに自分を必要としてる人がいる

憂鬱な恋に　胸が痛んで　愛されたいと泣いていたんだろう
心配ないぜ　時は無情な程に　全てを洗い流してくれる

難しく考え出すと　結局全てが嫌になって

そっとそっと　逃げ出したくなるけど
高ければ高い壁の方が　登った時気持ちいいもんな
まだ限界だなんて認めちゃいないさ

時代は混乱し続け　その代償を探す
人はつじつまを合わす様に　型にはまってく
誰の真似もすんな　君は君でいい
生きる為のレシピなんてない　ないさ

息を切らしてさ　駆け抜けた道を　振り返りはしないのさ
ただ未来へと夢を乗せて

閉ざされたドアの向こうに　新しい何かが待っていて
きっときっとって　君を動かしてる
いいことばかりでは無いさ　でも次の扉をノックしよう
もっと素晴しいはずの自分を探して

胸に抱え込んだ迷いが　プラスの力に変わるように
いつも今日だって僕らは動いてる
嫌な事ばかりではないさ　さあ次の扉をノックしよう
もっと大きなはずの自分を探す　終わりなき旅

Image

どれくらい目をつぶっていたろう?
君を思い浮かべながら
その笑顔が　その全てが　僕だけの楽園

楽しく生きて行くImageを
膨(ふく)らまして暮らそうよ
さぁ　目に写る　全てのことを　抱きしめながら

静かにうねる海　カーテンを揺らす風
何処までも続く青空　子供の笑い声
君の手の温もり　死と再生を繰り返す命
愛

大切なものは　いつだって
目の前に転がってる

ふんづけないように　蹴飛ばさないように
歩いて行けるなら

揺れ動く心の狭間で
一筋の光に　手をかざすけど
時代はいつでも急ぎ足で
生きて行くことの意味は
争い合う事に　いつかすり変わってく

飛び込み台の上　僕等は否応無く
背中を押され落ちてくんだ
溺れそうな魂　水しぶきをあげて
息絶え絶え水面をかく
けれど

楽しく生きてゆくImageを
膨らまして暮らそうよ
この目に写る　全てのことを　抱きしめながら

Heavenly kiss

先週から続いてる　妙にすれ違ってる
鈍感な俺にだってわかるさ
オープンテラスのテーブル　食事中の会話もはずんでない

こんがらがった知恵の輪　誰のせいでもありゃしない
このまま錆びついていっちゃうのかなぁ？
でも　こんな時だって常に君は綺麗だ　無気味なくらい

油断した隙に　I'll get heavenly kiss
それでみな上手くいくはずなんだ
なのについ　虚勢をはってつい　裏腹の態度　危ういムード
出会いの日の二人のような
　優しさ　無邪気さ　素直さが恨めしい

例えるならなんだろう？　信号機ならどうだろう？
俺らって今何色なんだろう？
Blue Red Yellow　考えりゃ考える程　ぞっとしてしまう

俺が傲慢になったか？　君が怠慢になったか？
そんな事もうどうだっていいや

答えはただひとつ　君を失いたくはない　ただそれだけ

誰より愛しく　誰より憎い　こんな気持ちは知らなかった
けれどYou　君に会って以来
全てが少しずつ　変わっちゃってんだ
盲目ゆえに　見えるものもある
　手探りのドタバタ劇　そういつだって　I lost in you

もう一杯ビール飲むか？　赤くなったっていいじゃない
たまにゃ理性をすてんのもいいぞ
化けの皮を剝(は)いだ　君を愛せるのは　そう俺ぐらいなもんさ

Shall we heavenly kiss　言葉を超えてkiss
腑に落ちなくたっていいじゃないか
長過ぎず　優しすぎぬkiss
ちょっと幻想に漂って
出会いの日の二人以上に強い
　想いが　煌(きら)めきが　この一瞬で甦る
　Heavenly kiss

1999年、夏、沖縄

僕が初めて沖縄にいった時　何となく物悲しく思えたのは
それがまるで日本の縮図であるかのように　アメリカに囲まれていたからです

とはいえ94年、夏の沖縄は　Tシャツが体にへばりつくような暑さで
憂鬱なことは全部　夜の海に脱ぎ捨てて　適当に二、三発の恋もしました
ミンミン　ミンミンと蟬(せみ)が鳴いていたのは
歓喜の歌かそれとも嘆きのブルースか
もはや知るすべはないがあの蟬の声に似たような
泣き笑いの歌を奏で僕らは進む

いろんな街を歩き　いろんな人に出会い　口にした「さようなら」は数しれず
そして今想うことは　大胆にも想うことは
あぁ　もっともっと誰かを愛したい

酒の味を覚え始めてからは　いろんなモノを飲み歩きもしました
そして世界一のお酒を見つけました　それは必死で働いた後の酒です
戦後の日本を支えた物の正体が　何となく透けて見えるこの頃は
平和とは自由とは何か？　国家とは家族とは何か？
柄にもなく考えたりもしています

生まれた場所を離れ　夢からも遠くそれて　あぁ僕はどこへ辿り着くのだろう
今日も電車に揺られ　車窓に映る顔は
そうほんのちょっとくたびれているけれど

神は我等を救い賜うのでしょうか　それとも科学がそれに代わるのでしょうか
永遠でありたいと思うのは野暮でしょうか
全能でありたいと願うのはエゴでしょうか

時の流れは速く　もう三十なのだけれど　あぁ僕に何が残せると言うのだろう
変わっていったモノと　今だ変わらぬモノが
あぁ　良くも悪くもいっぱいあるけれど

そして99年夏の沖縄で　取りあえず僕らの旅もまた終わり
愛する人たちと　愛してくれた人たちと　世界一の酒を飲み交わしたのです

最後の曲が終わり　音がなり止んだ時　あぁ僕はそこで何を思ったのだろう
選んだ路(みち)とはいえ　時に険しくもあり　些細(ささい)な事で僕らは泣き笑う

いろんな街を歩き　いろんな人に出会う
これからだってそれはそうなんだけど
そして今想うことは　たった一つ想うことは
あぁ　いつかまたこの街で歌いたい
あぁ　きっとまたあの街でも歌いたい
あぁ　そして君にこの歌を聞かせたい

CENTER OF UNIVERSE

今僕を取りまいてる　世界はこれでいて素晴らしい
プラス思考が裏目に出ちゃったら　歌でも唄って気晴らし

バブル期の追い風は何処へやら　日に日に皺(しわ)の数が増えても
悩んだ末に出た答えなら　15点だとしても正しい

どんな不幸からも　喜びを拾い上げ
笑って暮らす才能を誰もが持ってる

イライラして過ごしてんなら愛を補充
君へと向かう恋の炎(ひ)が燃ゆる
当り散らしは言わずもがなのタブー
総(すべ)てはそう　僕の捕らえ方次第だ

誰かが予想しとくべきだった展開
ほら一気に加速してゆく
ステレオタイプ　ただ僕ら　新しい物に飲み込まれてゆく

一切合切捨て去ったらどうだい？
裸の自分で挑んでく
ヒューマンライフ　より良い暮らし　そこにはきっとあるような気もする
皆　憂いを胸に　永い孤独の果てに
安らぎのパーキングエリアを捜してる

クタクタんなって走った後も愛を補充
君へと向かう恋の炎が燃ゆる
隣の家のレトリバーにも『ハイ　ボンジュール！』
あぁ世界は薔薇色
総ては捕らえ方次第だ
ここは　そう　CENTER OF UNIVERSE

自由競争こそ資本主義社会
いつだって金がものを言う
ブランド志向　学歴社会　離婚問題　芸能界
でも本当に価値ある物とは一体何だ？
国家　宗教　自由　それとも愛
一日中悩んだよ
でも結局それって理屈じゃない

イライラして過ごしてんなら愛を補充
君へと向かう恋の炎が燃ゆる
向かいの家の柴犬にも『ハイ　ボンジュール！』
あぁ世界は薔薇色
ここは　そう　CENTER OF UNIVERSE
僕こそが中心です
あぁ世界は素晴らしい

その向こうへ行こう

思ったよりも僕等が　目の当たりにしてる壁は高く
もうこんなはずじゃなかったと嘆いても後の祭りなのです

ちぢみあがった魂
しなびたベイビーサラミ
もう一度フランクフルトへ

ショートケーキで例えるのなら　イチゴだけ最後に食べるタイプで
口に入れる手前で落として捨てた夢もいっぱいござるよ

見損なっちゃこまるぜ
不可能は辞書にない
そうさ僕はまだちゃんと本気だしてないだけ

さぁ　一発でクリアしよう

方法ならいろいろ
目指してたものの
その向こうへ行こう

腰をくねる女の　よがり声が世慣れたフェイクでも
白けて萎えるような　ロマンチストではこの先生きてゆけぬぞ

下痢が続いてるので
病気かも知れません
将来への不安が脳裏をよぎるけれど

さぁ　簡単にクリアしよう
そうさ十人十色
捜してたものの
その向こうへ行こう

そう 一発でクリアして
その向こうへ行こう
目指してたものの
その向こうへ行こう
そして I'll go to home

NOT FOUND

僕はつい見えもしないものに頼って逃げる
君はすぐ形で示してほしいとごねる
矛盾しあった幾つもの事が正しさを主張しているよ
愛するって奥が深いんだなぁ

ああ　何処まで行けば解りあえるのだろう?
歌や詩になれない　この感情と苦悩
君に触れていたい　痛みすら伴い　歯痒(はがゆ)くとも
切なくとも　微笑みを　微笑みを

愛という　素敵な嘘で騙してほしい

自分だって思ってた人格(ひと)が　また違う顔を見せるよ
ねぇ　それって君のせいかなぁ

あと　どのくらいすれば忘れられんのだろう？
過去の自分に向けた　この後悔と憎悪
君に触れていたい　優しい胸の上で
あの覚束無い（おぼつかない）　子守唄を　もう一度　もう一度

昨日探し当てた場所に　今日もジャンプしてみるけれど
なぜか　NOT FOUND　今日は　NOT FOUND

ジェットコースターみたいに浮き沈み

あぁ　何処まで行けば辿り着けるのだろう？
目の前に積まれた　この絶望と希望
君に触れていたい　痛みすら伴い　歯痒くとも
切なくとも　微笑みを　微笑みを　もう一度　微笑みを

スロースターター

耳を澄ましたら　微かに聞こえるよ
ここまでおいでと　意地悪な声がする

出発の鐘はなった
スロースターター　今　発車

ここを逃げ出して　田舎(いなか)に帰れば
これ以上嫌な事　知らずに済みそう

でも待った　ちょい待った
スロースターター　今　発車

みじめそうに見えても　同情なんていらない
尻尾を振り振りして　隙を観て奪い取る

強がりを言うなと　他人は笑うけど
叶わぬ夢など　俺は見ないのよ

出発の鐘はなった
スロースター　今　発車

Surrender

Coffee ぐらいで　火傷(やけど)したのが
動揺してる　証拠なんだけど
さよならを　君が急に云うからさ

笑い飛ばす事ができたなら
どんなにかグレイトな奴と思われるだろう?
でも　僕は違う

もう　土壇場
されど　もうひと押し
けれど　I Surrender
分厚い積乱雲が　胸の中に立ち籠(こ)める

愛情なんて　どうせイリュージョンだと
訳しり顔で暮らした日々は

君が白痴に思えもしたけど

もう　こてんぱん
ただの　お人好し
もはや　I Surrender
大キライなフュージョンで　泣けそうな自分が嫌　イヤ

暗闇を照らしてよ　あの頃のように
君無しじゃ不安定なんだよ
一切合切を無くしても　構わないと思えてたのに
そう信じれたのに

胸に無情の雨が降る
二人で過ごした日々は　路上のチリのよう
流れて　消えて　The End さ

つよがり

凜と構えたその姿勢には古傷が見え
重い荷物を持つ手にもつよがりを知る

笑っていても僕には分かってるんだよ
見えない壁が君のハートに立ちはだかってるのを

蚊の泣くような頼りない声で
君の名前を呼んでみた
孤独な夜を越えて　真直ぐに
向き合ってよ　抱き合ってよ　早く

着かず離れずが恋の術（すべ）でも傍にいたいのよ
いつ君が電話くれてもいいようになってる

話す相手も自ずと狭まってくんだよ
ちっちゃな願いをいつもポケットに持ち歩いてるんだ

「優しいね」なんて　買被るなって
怒りにも似てるけど違う
悲しみを越えて　真直ぐに
向き合ってよ　抱き合ってよ　強く

愛しさのつれづれで　かき鳴らす六弦に
不器用な指が絡んで震えてる

たまにはちょっと自信に満ちた声で
君の名を叫んでみんだ
あせらなくていいさ　一歩ずつ僕の傍においで
そしていつか僕と　真直ぐに
向き合ってよ　抱き合ってよ
早く　強く　あるがままで　つよがりも捨てて

十二月のセントラルパークブルース

ダコタハウスの前の道で恋人達とすれ違う
僕はコートの襟をたてて　あぁ　君に抱きしめて欲しい
心の中のアルコールランプを灯すためのヴィンテージワイン
グラスに注いで独り寂しくチヤーズ
十二月のセントラルパークブルース

いっそ凍りそうさ　こりゃ何の修行だ？　十二月
君無しなど論外　もうどうしたらいいんだ？　雪だ

6番街のベトナム料理店　ウェイトレスの娘(こ)が君に似てた
クリームブリュレを流し込みながら　あぁ　君を思い出していたい
宗教かぶれが僕にこう問う　「Heyあなたは幸せですか？」
「幸せですとも」と嘘ぶきながら

十二月のセントラルパークブルース

いっそ帰ろーか？　日帰りじゃどうだい？　十二月
人恋しの海外　もどかしくて変だ　好きだ

街をうめ尽くすクリスマスツリーを見てたら涙が出て来た
ちょっと待て僕はもう三十だぜ
十二月のセントラルパークブルース

いっそ凍りそうさ　こりゃ何の修行だ？　十二月
君無しなど論外　もうどうしたらいいんだ？　雪だ
いっそ帰ろーか？　日帰りじゃどうだい？　十二月
人恋しの海外　もどかしくて変だ　好きだ
なのに　雪だ　だけど　好きだ

友とコーヒーと嘘と胃袋

あぁ風の噂で君の話を聞いたんだよ
結婚はしたけれどあまり幸せではないらしい
僕にだってそれなりに守る生活があるから
何をしてあげられるという訳じゃないけど

友よ　友よ　友よ

あぁ男もまた女によって変わるんだなぁ
最近は紅茶よりもコーヒーを飲んでるんだよ
あの娘(こ)の吸う煙草(たばこ)の口の中の残り香と
にがいコーヒーとの相性がとてもいいから

飲むよ　飲むよ　飲むよ　飲むよ

そう僕の今年の運勢はとてもいいんだなぁ
下らないB級雑誌に書いてあったけど
信じる事の出来そうな位のかわいい嘘は

なるべく信じてみることにしたんだから

さぁ見てみろよ今や世紀末は遠い過去の話だ
そもそもキリスト教に僕はなんの信仰もない
罰当たりと言われてもクジラやイルカの肉も食べる
悲しみも　憎しみも　愛しさも　優しさも　いやらしさも
食べるよ　食べるよ　食べるよ

だから胃袋よ　あぁ僕の胃袋よ
もっと強靭（きょうじん）たれ　もっと貪欲（どんよく）たれ
なんだって飲み込んで　なんだって消化して
全部　エネルギーに変えてしまおう

だから胃袋よ　あぁ僕の胃袋よ
もっと強靭たれ　もっと貪欲たれ
なんだって飲み込んで　なんだって消化して
全部　筋肉に変えてしまおう

ロードムービー

いびつなうねりを上げながら　オートバイが走る
寝ぼけた君を乗せて　ほんの少しだけ急いで
月明かりが誘う場所へ

嘆きもぼやきもため息も　風に飛んでいくよ
そして幸福なあの歌を　高らかに歌いながら
500Rのゆるいカーブへ

今も僕らに付きまとう幾つかの問題
時の流れに少し身を委ねてみよう
この路の上の何処かにあるはずのゴールライン
そんなビジョンを道連れにして

カーラジオも無くそしてバックもしない　オートバイが走る
ただ君の温もりを　その優しい体温を

この背中に抱きしめながら

泣きながら君が見てた夢は　何を暗示してるの？
カラスが飛び交う空に　モノクロの輝く虹
誰も笑っていやしない動物園

汗ばむ季節　君がふと見せてくれた情熱
ファミレスの裏の野良犬が見てたキス
スカートの裾（すそ）を濡らしはしゃいでた　あのビーチハウス
そんなシーンを道連れにして

街灯が２秒後の未来を照らし　オートバイが走る
等間隔で置かれた　闇を越える快楽に
また少しスピードを上げて
もう１つ次の未来へ

Everything is made from a dream

何時間眠っても疲れはとれないし
近頃は道草せず家に帰る僕だ
ハッピーな夢を見て　眠りたい

手塚マンガの未来都市の実写版みたいな街だ
ハイスピードで近代化は進む　でもなんとなくメランコリック
何と引き換えに　現代(いま)を手にした

3・2・1・0・で　打ち上げた夢は今　どこらへんを
oh oh oh Where?　飛んでんだろう
あなたには見えるかい？

ブルース・リーもジョン・レノンもこの世から去った今
あの情熱を　あの感動を遺伝子に刻もうか
そう　歌いながら　叫びながら

1・2・3・GO！で　打ち落とした誰かの夢　今はもう
oh oh oh　手おくれ　償えもせず
次第に慣れてった

夢、夢って　あたかもそれが素晴らしい物のように
あたかもそれが輝かしい物のように　僕らはただ讃美してきたけれど
実際のところどうなんだろう？

何十万人もの命を一瞬で奪い去った核爆弾や細菌兵器
あれだって最初は
名もない科学者の純粋で小さな夢から始まっているんじゃないだろうか？
そして今また僕らは　僕らだけの幸福の為に
科学を武器に　生物の命までをもコントロールしようとしている

そして　マーチは続く　遥かな未来へ

やっかいだな　夢は良くもあり　悪くもなる　てな訳で
oh oh oh yes　僕らの手に懸ってたりして

3・2・1・0・で　今こそ打ち上げよう　僕らの
oh oh oh oh　夢
everything is made from a dream
everything is made from a dream

口笛

頼り無く二つ並んだ不揃いの影が
北風に揺れながら延びてゆく
凸凹のまま膨らんだ君への想いは
この胸のほころびから顔を出した

口笛を遠く　永遠(とわ)に祈る様に遠く　響かせるよ
言葉より確かなものに　ほら　届きそうな気がしてんだ

さあ　手を繋いで　僕らの現在(いま)が途切れない様に
その香り　その身体　その全てで僕は生き返る
夢を摘むんで帰る畦道(あぜみち)　立ち止まったまま
そしてどんな場面も二人なら笑えますように

無造作にさげた鞄にタネが詰まっていて
手品の様　ひねた僕を笑わせるよ

形あるものは次第に姿を消すけれど
君がくれた　この温もりは消せないさ

いつもは素通りしてたベンチに座り　見渡せば
よどんだ街の景色さえ　ごらん　愛しさに満ちてる

ああ　雨上がりの遠くの空に虹が架かったなら
戸惑いや　不安など　簡単に吹き飛ばせそうなのに
乾いた風に口笛は　澄み渡ってゆく
まるで世界中を優しく包み込むように

子供の頃に　夢中で探してたものが
ほら　今　目の前で手を広げている
恐がらないで踏み出しておいで

さあ　手を繋いで　僕らの現在(いま)が途切れない様に
その香り　その身体　その全てで僕は生き返る
夢を摘むんで帰る畦道　立ち止まったまま
そしてどんな場面も二人で笑いながら
優しく響くあの口笛のように

Hallelujah

どんなに君を想っているか　分かってくれていない
どうやって君を笑わそうか　悩んで暮らしてるDAYS

君に逢う前はALONE　きっと独りでした
霧が晴れるように　路を示してくれるよ

DON'T ASK ME　この恋の行方は　神様すら知らない
DON'T LEAVE ME　捕らえ様のない不安が　影を落とす日も

信じればきっと　この願いは叶いますか？
奏でるメロディーは　明日(あす)に放つハレルヤ

ある時は僕の存在が　君の無限大の可能性を奪うだろう
例えば理想的な　もっと官能的な　恋を見送ったりして
だけどこれだけはずっと承知していてくれ

僕は君を不幸にはしない
生きているその理由を互いに見出すまで
迷って悩んでつかもう

いつの日か年老いていっても　この視力が衰えていっても
そう　君だけは見える
もしかして地球が止まっても　人類が滅亡に向かっても
そう　この想いは続く

僕は世の中を儚気(はかなげ)に歌うだけのちっちゃな男じゃなく
太陽が一日中雲に覆われてたって　代わって君に光を射す
優秀に暮らしていこうとするよりも
君らしい不完全さを愛したい
マイナスからプラスへ　座標軸を渡って　無限の希望を
愛を　夢を　奪いに行こう　捕らえに行こう

安らげる場所

十月の夕暮れが寂しげに街を映す
僕はただそれを見ているだけ　君を想って
何処からか愛しさが胸に込み上げたなら
セーターなど着てなくても　そっと温もる

僕はなぜ繰り返す別れを受け入れてきたんだろう?
その謎が君と出会い　ちょっと解けた

孤独とゆう暗い海に　ひとつの灯台を築こう
君はただそれを見ていればいい
一番安らげる場所で

人はなぜ幸せを闇雲に求めてしまうんだろう?
何より大事な物も守れずに

この恋の行き先に何があるかは知らない
ただ静かに手を取っては　永遠(とわ)にと願う
いつも君と二人で

さよなら２００１年

毎月決まった日　振り込まれてくるサラリーのように
平和はもう僕等の前に　当たり前に存在はしてくれないけど

同じ過ち　僕等は繰り返し　結局誰も　解けない宿題
ねぇ　神様　あなたは何人いて　一体誰が本物なの？
僕にだけこっそり教えてよ

もし優しさが意味を無くして　あらゆる人が武器を取るなら
ねぇ　神様　僕を握(にぎ)り潰(つぶ)して　そっと火を付けてくれないかなぁ
煙になって　願いを空へと届けるから

僕等の前にもう少しだけ　楽しい未来が降るように
あなたの前にもう少しだけ　無邪気な笑顔が降るように
今日よりも　現在(いま)よりも

君は拳(こぶし)を堅く握って　だけど誰にも振り下ろせはしない
ねぇ　神様　僕等に課せられてる　そんな使命があるとしたら
進化(すす)むこと？　それとも総てを終わらすこと？

僕等の前にもう少しだけ　まともな世界が降るように
あなたの前にもう少しだけ　嬉しい知らせが降るように
今日よりも　現在よりも

毎月決まった日　振り込まれてくるお給料のように
平和はもう僕等の前に　当たり前に存在はしてくれないけど

毎月決まった日　振り込まれてくるサラリーのように
平和はもう僕等の前に　当たり前に存在はしてくれないけど

今年こそはきっとあなたに
たくさんのいいことがありますように…

あなたの前に　優しい声が響くように

今年こそはきっとあなたに
たくさんのいいことがありますように

今年こそはきっと世界に
たくさんのいいことがありますように

さよなら　２００１年

蘇生

二車線の国道をまたぐように架かる虹を
自分のものにしようとして　カメラ向けた

光っていて大きくて　透けてる三色の虹に
ピントが上手く合わずに　やがて虹は消えた

胸を揺さぶる憧れや理想は
やっと手にした瞬間に　その姿消すんだ

でも何度でも　何度でも　僕は生まれ変わって行く
そしていつか君と見た夢の続きを
暗闇から僕を呼ぶ　明日の声に耳を澄ませる
そうだ心に架けた虹がある

カーテンが風を受け　大きくたなびいている
そこに見え隠れしている　テレビに目をやる

アジアの極東で　僕がかけられていた魔法は
誰かが見破ってしまった　トリックに解け出した

君は誰だ？　そして僕は何処？
誰も知らない景色を探す　旅へと出ようか

そう何度でも　何度でも　君は生まれ変わって行ける
そしていつか捨ててきた夢の続きを
ノートには　消し去れはしない昨日が
ページを汚してても
まだ描き続けたい未来がある

叶いもしない夢を見るのはもう　止めにすることにしたんだから
今度はこのさえない現実を　夢みたいに塗り替えればいいさ
そう思ってんだ　変えていくんだ　きっと出来るんだ

そう何度でも　何度でも　僕は生まれ変わって行ける
そしていつか捨ててきた夢の続きを
暗闇から僕を呼ぶ　明日の声に耳を澄ませる
今も心に虹があるんだ
何度でも　何度でも　僕は生まれ変わって行ける
そうだ　まだやりかけの未来がある

Dear wonderful world

Oh Baby　通り雨が上がったら
鼻歌でも歌って歩こう
この醜くも美しい世界で

無駄なことなど　きっと何一つとしてないさ
君の身の上話のひとつでも聞かせてよ

Oh Baby　通り雨が上がるまで
カプチーノでも頼んで待とうか？
この醜くも美しい世界で

one two three

「戦闘服よりはブレザーがよく似合う」浴びせられた最終の嫌みが胸をえぐる
君の目からすれば　いかにもステレオタイプの半端者だっただろう

高らかな望みは　のっけから持ってない
でも　だからといって将来を諦(あきら)める気もない
ぬるま湯の冥利(みょうり)と分別を知った者特有の
もろく　鈍く　持て余す　ほろ苦い悲しみ

客寄せ用の無数の風船が　気圧に逆らって散っていった
破裂寸前の自分の心境を　それとダブらせてみたりして

僕ならいつも冗談めかしてたりするけれど
ずっと　ずっと　考えているんだ
その場しのぎで振り回す両手もやがて上昇気流を生むんだ
別の未来へと向くベクトル　寂しくたって
一歩　一歩　踏み出してかなくちゃ
胸の奥で繰り返す秒読み　今　前人未到の未来へ　1・2・3！

要人を乗っけた黒光りの車　間近で鳴らすクラクションに老人はたじろぐ
いろんな人いるなぁ　僕は君のことを思い出してた　横断歩道

目の前のリングが有刺鉄線でも
そこに立つチャンスをそっと狙ってるんだよ
逆転勝ちをしてる光景を目に浮かべ　ニヤリ
いつか君に見せよう　戦闘服のカウントスリー

薄暗がりで僕が見ていた　一筋の光に手をやって
世にも奇妙な力手に入れる　なんてある訳が無いけれど

ビデオに撮った「ショーシャンクの空に」見てからは
もっと　もっと　確信に近いな
暗闇で振り回す両手もやがて上昇気流を生むんだ
大人になりきれなくて逆恨みしたけれど
うんと　うんと　感謝しているんだ
愛しき人よ　君に幸あるように　もう　後ろなんか見ないぜ　1・2・3！

渇いたkiss

生温(なまぬる)い空気がベッドに沈黙を連れてくる
もう　うんざりしてるのは僕だって気付いてる
君が最後の答えを口にしてしまう前に
渇いたキスで塞(ふさ)いでしまう
それでなんとか今をしのげればいいのに

いつからか君は取(と)り繕(つくろ)い　不覚にも僕は嘘を見破り
よくあるフォーマットの上　片一方の踵(かかと)で乗り上げてしまうんだ
誰かが禁断の実摘み取り　再び次の果実が実る
揺るぎのない決心に凍りつく顔
力のない瞳が映すのは僕という過去なんだ

くたびれたスニーカーがベランダで雨に打たれてる
線香花火　はしゃいでた記憶と一緒に
日に焼けたショーツの痕(あと)を　やたら気にしてたろう

あんなポーズが　この胸を
今もかき乱しているとは知らずに
Oh Baby Don't go

ある日君が眠りに就く時　僕の言葉を思い出せばいい
そして自分を責めて　途方に暮れて
切ない夢を見ればいい
とりあえず僕はいつも通り　駆け足で地下鉄に乗り込む
何もなかった顔で　何処吹く風
こんなにも自分を俯瞰で見れる
性格を少し呪うんだ

総ての想いを絶ち切ろうとする度
まとわりつくような胸の痛み
Oh Baby Don't go

ある日君が眠りに就く時　誰かの腕に抱かれてる時
生乾きだった胸の瘡蓋がはがれ
桃色のケロイドに変わればいい
時々疼きながら
平気な顔をしながら

youthful days

にわか雨が通り過ぎてった午後に　水溜まりは空を映し出している
二つの車輪で僕らそれに飛び込んだ
羽のように広がって　水しぶきがあがって
君は笑う　悪戯(いたずら)に　ニヤニヤと
僕も笑う　声を上げ　ゲラゲラと

歪(ゆが)んだ景色に取り囲まれても
君を抱いたら　不安は姿を消すんだ

胸の鐘の音を鳴らしてよ　壊れるほどの抱擁とキスで
あらわに心をさらしてよ　ずっと二人でいられたらいい

「サボテンが赤い花を付けたよ」と言って　「急いでおいで」って僕に催促をする
何回も繰り返し　僕ら乾杯をしたんだ
だけど朝になって　花はしおれてしまって
君の指　花びらを撫でてたろう
僕は思う　その仕草　セクシーだと

表通りには花もないくせに
トゲが多いから　油断していると刺さるや

胸の鐘の音を鳴らしてよ　切ないほどの抱擁とキスで
乾いた心を濡らしてよ　ただ二人でいられたらいい

生臭くて柔らかい温もりを抱きしめる時　(I got back youthful days)
くすぐったい様な乱暴に君の本能が応じてる時　(I got back youthful days)
苦しさにも似た感情にもう名前なんてなくていいんだよ　(I got back youthful days)
日常が押し殺してきた　剝き出しの自分を感じる

繋いだ手を放さないでよ
腐敗のムードを　かわして明日を奪うんだ

胸の鐘の音を鳴らしてよ　壊れるほどの抱擁とキスで
あらわに心をさらしてよ

ずっと二人でいられたらいい
いつも二人でいられたらいい

ファスナー

昨日　君が自分から下ろしたスカートのファスナー
およそ期待した通りのあれが僕を締めつけた

大切にしなきゃならないものが　この世にはいっぱいあるという
でもそれが君じゃないこと　今日　僕は気付いてしまった

きっと　ウルトラマンのそれのように
君の背中にもファスナーが付いていて
僕の手の届かない闇の中で
違う顔を誰かに見せているんだろう　そんなの知っている

帰り際　リビングで僕が上げてやるファスナー
御座(おざ)なりの優しさは　今一つ精彩を欠くんだ
欲望が苦し紛れに　次の標的(ターゲット)を探している

でもそれが君じゃないこと　想像してみて少し萎えてしまう

もしも　ウルトラマンのそれのように
総ての事にはファスナーが付いていて
僕が背中見せているその隙に
牙を剝くつもりでも　信じてみる値打ちは　あると思えるんだ

きっと　仮面ライダーのそれのように
僕の背中にもファスナーが付いていて
何処か心の奥の暗い場所で
目を腫らして大声で泣きじゃくってるのかも

きっと　ウルトラマンのそれのように
君の背中にはファスナーが付いていて
僕にそれを剝がし取る術(すべ)はなくても
記憶の中焼き付けて
そっと胸のファスナーに閉じ込めるんだ

惜しみない敬意と愛を込めてファスナーを…

Bird Cage

綺麗なはずのすっとした手も　これで見納めかなぁ？
今になっちゃえば名残（なご）り惜しく思える

話し合ったって何一つ　分かり合えないけど
終わりにするって答えだけは同じ

あなたの口づけで僕が変われたならいいのに
お互いの両手は自分のことで塞がってる
笑いながら　はしゃぎながら
誤魔化してきた　叫び声が
胸の　奥に　響く
重く　重く　重く

間抜けな神様が僕らを　つがいで飼おうとして
狭い鳥籠に入れたなら今頃

絵に描いたような幸せが　訪れていたのかなぁ？
発狂しないで僕ら暮らしていたかなぁ？

あなたの溜め息で　世界が曇るはずないのに
真面目な顔をして悩める女を演じてた
そのプライドを保ちながら
迷いながら　妥協しながら
日毎　愛情は　渇く
孤独　孤独　孤独

明日から僕ら晴れて自由の身だ
鳥籠のドアはもう開いてるんだ
だから　遠く　遠くへ
オアシスの前で力尽きるとしても
明日へと　僕ら飛んでいかなくちゃなんない
ずっと　遠く　遠くへ
蒼い　浅い　昨日を嘆く
やがて　脆く　時が　洗い流していく
甘い記憶
遠く　遠く　遠く
遠く　遠く　遠くへ

LOVEはじめました

「相変わらずだね」って　昔付き合ってた女にそう言われた
良く取っていいのか悪い意味なのか？
良く分からずしばらくヘラヘラ笑ってた

不意に視線を上げれば　極彩色　ネオン街の光だ
おやじに買われて　ホテルで刺される
少女を描いた　映画を思い出した

路肩に止まった車で売ってる　何たらケバブーをほおばる
屍回(しかばね)して　あぶって　切り裂き
小さくなった　そのお肉をほおばる

LOVE　はじめました　そいつで大きくなりました
LOVE　はじめました　あぁ　お口に合いましたか？

殺人現場にやじうま達が暇潰しで群がる
中高生達が携帯片手にカメラに向かってピースサインを送る
犯人はともかく　まずはお前らが死刑になりゃいいんだ
でも　このあとニュースで中田のインタビューがあるから
それ見てから考えるとしようか

LOVE　よく冷えております　時代の向かい風も受けて
LOVE　よく冷えております　あぁ　イッキに飲み干せたらな

この街の中で押し合いへし合い　僕らは歩いてく
多少の摩擦があっても　擦れずに　心を磨いて行くなんて出来るかなぁ

坊主が屏風に上手に坊主の絵を書くと言うだろう
なら僕は愛してる人に　愛してるという　ひねりのない歌を歌おう

意味なんかないさ　深くもないし　韻だって踏んでない
ただ　偽りなく　飾りもない
まぎれもない　想いだけがそこにはあるんだ

LOVE　はじめました　毎度毎度のことですが
LOVE　はじめました　去年よりおいしくできました
LOVE　はじめました　そいつで大人になりました
LOVE　はじめました　あぁ　お口に合いましたか？

UFO

「上手くいかないことばかりだよ」と
君が肩を落とすから　気が付けば抱き寄せてた
あの日　一緒に見た奇妙な光
アダムスキーだなんだと茶化して帳消しにしたいんだろう

腫れ物を触るみたいな　核心を避ける話題

冷めかけたスパゲティーをフォークに巻き付けては
甘い憂鬱を噛みしめる
バランスとるのはやめて　愛を吐き出したら
つぐんでた昨日より　胸のつかえはなくなるけど
どうかなぁ

互いの胸のうちに気付いてる以上
僕らは共犯者だ　念を押して確かめなくても

僕を信じきっているあの人を　嫌いになれもしないから
よけい　分かんなくなるんだよ

なぜ二人　今になって惹きあってしまうんだろう

遥か彼方から飛来する未知の光が
僕らを包んで
迷いも苦しみもない世界へと連れ去る
身勝手なその夢は
低空飛行の旅客機の地響きに
はぎ取られた

遥か彼方から飛来する未知の光が
僕らを包んで
迷いも苦しみもない世界へと誘う
あのＵＦＯが出てくる夢
僕の心を無重力の宇宙(そら)へ浮かべる
二人を　夢の中へ連れてっておくれ
ＵＦＯ来ないかなぁ

Drawing

遠い遠い子供の頃夢で見た景色が
一瞬フラッシュバックしたんだ
笑いながら僕の頬（ほほ）にキスをする少女が
君とオーバーラップして

淡い光の曇り空に
フワフワな時を刻んでいく
この素晴らしい　煩（わずら）わしい気持ちを
真空パックしておけないもんかなぁ

絵に描いたとしても　時と共に何かが色褪せてしまうでしょう
永遠はいつでも　形のない儚い幻影（かげ）
君と共に　僕の元に

もっともっと上手にいろんな絵を描けたなら

やっぱり君を描きたいな
僕にとって君とは　つまりそう小さな点
そしてあらゆる総て

デタラメと嘘の奥に
本当の答えが眠っている
この素晴らしい　慌ただしい
人生を二人三脚で越えて行けるかなぁ

どんな場面でも　僕の絵には必ず君が描かれていて
目を閉じたまま深呼吸してみれば分かる
君はいつも　僕のノートに

絵に描いたとしても　時と共に何かが色褪せてしまうでしょう
永遠はいつでも　形のない儚い幻影(かげ)
君と共に　僕の元に
そしていつも　僕のノートに

君が好き

もしもまだ願いが一つ叶うとしたら…
そんな空想を広げ　一日中ぼんやり過せば
月も濁(にご)る東京の夜だ　そしてひねり出した答えは

君が好き
僕が生きるうえでこれ以上の意味はなくたっていい
夜の淵　アパートの脇
くたびれた自販機で二つ　缶コーヒーを買って

僕の手が君の涙拭(ぬぐ)えるとしたら　それは素敵だけど
君もまた僕と似たような　誰にも踏み込まれたくない
領域を隠し持っているんだろう

君が好き
この響きに　潜んでる温(ぬる)い惰性(だせい)の匂いがしても

繰り返し　繰り返し
煮え切らないメロディに添って　思いを焦がして

歩道橋の上には　見慣れてしまった
濁った月が浮かんでいて
汚れていってしまう　僕らにそっと
あぁ　空しく何かを訴えている

君が好き

僕が生きるうえでこれ以上の意味はなくたっていい
夜の淵　君を待ち
行き場のない　想いがまた夜空に浮かんで
君が好き　君が好き
煮え切らないメロディに添って　思いを焦がして

いつでも微笑みを

狭い路地に　黒いスーツの人達
急な不幸がその家にあったという
命は果てるもの　分かってはいるけど

何もかも思い通りになったとしても
すぐ次の不満を探してしまうだろう
決して満たされない　誰かが傷付いても

いつでも微笑（ほほえ）みを
そんな歌が昔あったような
今こそ　その歌を
僕達は歌うべきじゃないかなぁ

いつでも微笑みを
そんな歌が昔あったような

悲劇の真ん中じゃ　その歌は
意味をなくしてしまうかなぁ

もし僕がこの世から巣立って逝っても
君の中で僕は生き続けるだろう
そう思えば何とか　やっていけそうだよ

そう　だからいつも　いつでも微笑(えみ)を
いつでも微笑を
いつでも微笑を

優しい歌

誰かが救いの手を　君に差し出している
だけど　今はそれに気付けずにいるんだろう

しらけムードの僕等は　胸の中の洞窟に
住みつく魔物と対峙していけるかな

一吹きで消えそうな　儚い願い
言いかけて飲み込んで　恥ずかしくなる

魂の歌　くすぶってた　照れ隠しの裏に忍ばせた
確信犯の声

出口の無い自問自答　何度繰り返しても
やっぱり僕は僕でしかないなら

どちらに転んだとしても　それはやはり僕だろう
このスニーカーのヒモを結んだなら　さぁ行こう

簡単に平伏した　あの日の誓い
思い出して歯痒くて　思わず叫ぶ

後悔の歌　甘えていた　鏡の中の男に今
復讐を誓う

群衆の中に立って　空を見れば
大切な物に気付いて　狂おしくなる

優しい歌　忘れていた　誰かの為に
小さな火をくべるよな
愛する喜びに　満ちあふれた歌

It's a wonderful world

Oh Baby　通り雨が上がるまで
カプチーノでも頼んで待とうか？
この醜くも美しい世界で

無駄なものなど　きっと何一つとしてないさ
突然　訪れる鈍い悲しみであっても

忘れないで君のことを僕は必要としていて
同じようにそれ以上に想ってる人もいる
あなどらないで僕らにはまだやれることがある
手遅れじゃない　まだ間に合うさ
この世界は今日も美しい　そうだ美しい

Oh Baby　通り雨が上がったら
鼻歌でも歌って歩こう
この醜くも美しい世界で

I'm sorry

あれは血迷ってた僕の思い過ごしでした
8割位はあなたの言った通りでした

いましがた　人づてで　御様子を知りました
お詫びします　心から

大好きだったあの笑顔をもう一度
大嫌いなんてなじんないで今後とも
一区切りついたら　中華でもおごるから

雨降って地固まると　そのことわざ通り
歩きましょう　肩並べて　また駒沢通り

いたしかたないなどと　開き直る気などない
お詫びします　心から

人生だってあなたがいなくちゃ味気ない
今頃になって気付いた訳では決してない
もしも望むのなら　土下座でもなんでもするから
するから…
笑って許して

あれは血迷ってた僕の思い過ごしでした
9割近くはあなたの言った通りでした

大好きだったあの笑顔をもう一度
大嫌いなんてなじんないで今後とも
人生だってあなたがいなくちゃ味気ない
今頃になって気付いた訳では決してない
もしも望むのなら　土下座でもなんでもするから
するから…
笑って許して
I'm sorry...

言わせてみてぇもんだ

愛想を尽かしてくれても　一向に構わない
君の言う「永遠」など　僕だって当てにしてない

自慢にしてた黒帯は　とっくに捨ててしまった
ぶら下がっただけの　存在でいたくはない

自分にしか出来ない事　身に付けようとしているけど
代わり映えしねぇなぁ　なんかつまんねぇなぁ
届かぬ空を見ては　またしても赤面の至り

ファンタジスタって言われてぇよ
夜だけじゃなくて昼も
もう　どうしようもなく「必要」って
言わせてやりてぇんだ

どっかの天才をひがんで皮肉を吐いてみても
何にもなりゃしねぇよ　どうすりゃいいの？

古くからある迷信に見える理想の形
今と昔の同一線上
大切なことなんて　きっと知ってんのに
僕らは遠回りをしてるんだね
なら意味ある遠回りを

愛想を尽かしてくれても　一向に構わない
でも　どうしようもなく「必要」って
言わせてみてぇもんだ
ねぇ　言ってみてよ

PADDLE

ほんの束の間　胸の中に巻き起こる　風　風　風
「今しかないよな」って　呪文みたいに繰り返す
日常の下敷きになって　埋もれたモノを取り返すんだ

「甘い夢だ」と誰かがほざいてたって
虎視眈眈と準備をしてきた僕だから
きっとうまくやれる
行こうぜ

新しい記号を探しに　フラスコの中　飛び込んで
どんな化学変化を起こすか　軽くゆすってみよう　It's OK
ゆけ　荒れ狂う海原の上　未来へと　手を突き出して
もしかしたら今日は何も起こんないかも　でも　明日へとパドリング

時々　誰かが僕の人生を操ってるような気がする
誰に感謝していいのかは分からないけれど
僕は今日も生きている　まだ　もう少し君を愛していれる

良い事があってこその笑顔じゃなくて
笑顔でいりゃ　良い事あると思えたら

それが良い事の　序章です

新しい希望を見つけよう　フラスコの中　飛び込んで
どんな化学変化を起こすか　もう一度ゆすってみよう　It's OK
ゆけ　高い　デカイ　波に乗れ　怯んでる自分蹴飛ばして
もしかしたら明日（あす）も何も起こんないかも　でも　永遠のパドリング

皮肉で溢れた世界
不安と怒りの過渡期
見失わぬように進もう

時々　上手に　息抜きしながら
身をかわしながら
行こうぜ

新しい希望を見つけよう　フラスコの中　飛び込んで
どんな化学変化を起こすか　ずっと　ゆすっていこう　It's OK
ゆけ　荒れ狂う海原の上　未来へと　手を突き出して
もしかしたらずっと何も起こんないかも　でも　永遠のパドリング
ただ　ただ　明日（あした）へとパドリング

掌

掌(てのひら)に刻まれた歪(いびつ)な曲線　何らかの意味を持って生まれてきた証

僕らなら　求め合う寂しい動物　肩を寄せるようにして
愛を歌っている

抱いたはずが突き飛ばして　包むはずが切り刻んで
撫でるつもりが引っ掻いて　また愛　求める
解り合えたふりしたって　僕らは違った個体で
だけどひとつになりたくて　暗闇で　踠(もが)いて　踠いている

ステッカーにして貼られた本物の印
だけど　そう主張している方がニセモノに見える
僕らなら　こんな風な袋小路に
今も迷い込んだまま　抜け出せずにいる

夢見てるから儚くて　探すから見つからなくて
欲しがるから手に入んなくて　途方に暮れる
どこで間違ったかなんて　考えてる暇もなくて
でも答えがなきゃ不安で

君は君で　僕は僕　そんな当たり前のこと
何でこんなにも簡単に　僕ら　見失ってしまえるんだろう？

ALL FOR ONE FOR ALL　BUT I AM ONE
ALL FOR ONE FOR ALL　BUT YOU ARE ONE

ひとつにならなくていいよ　認め合うことができればさ
もちろん投げやりじゃなくて　認め合うことができるから
ひとつにならなくていいよ　価値観も　理念も　宗教もさ
ひとつにならなくていいよ　認め合うことができるから
それで素晴らしい

キスしながら唾を吐いて　舐めるつもりが嚙みついて
着せたつもりが引き裂いて　また愛　求める
ひとつにならなくていいよ　認め合えばそれでいいよ
それだけが僕らの前の　暗闇を　優しく　散らして
光を　降らして　与えてくれる

くるみ

ねえ くるみ
この街の景色は君の目にどう映るの?
今の僕はどう見えるの?

ねえ くるみ
誰かの優しさも皮肉に聞こえてしまうんだ
そんな時はどうしたらいい?

良かった事だけ思い出して　やけに年老いた気持ちになる
とはいえ暮らしの中で　今　動き出そうとしている
歯車のひとつにならなくてはなあ
希望の数だけ失望は増える　それでも明日(あす)に胸は震える
「どんな事が起こるんだろう?」
想像してみるんだよ

ねぇ くるみ
時間が何もかも洗い連れ去ってくれれば
生きる事は実に容易い

ねぇ くるみ
あれからは一度も涙は流してないよ
でも　本気で笑う事も少ない

どこかで掛け違えてきて　気が付けば一つ余ったボタン
同じようにして誰かが　持て余したボタンホールに
出会う事で意味が出来たならいい
出会いの数だけ別れは増える　それでも希望に胸は震える
十字路に出くわすたび　迷いもするだろうけど

今以上をいつも欲しがるくせに　変わらない愛を求め歌う
そうして歯車は回る　この必要以上の負担に
ギシギシ鈍い音をたてながら
希望の数だけ失望は増える　それでも明日に胸は震える
「どんな事が起こるんだろう?」　想像してみよう
出会いの数だけ別れは増える　それでも希望に胸は震える
引き返しちゃいけないよね
進もう　君のいない道の上へ

花言葉

コスモスの花言葉に揺れながら

身の程を知らないまま　可能性を漁(あさ)り
魔が差した僕にさよなら　夏の終わり

あの日見せた　僕の知らなかった顔
哀れみと背伸びで告げられた別れ
僕の全て　君に知って欲しかったのに
コスモスの咲く季節に君は去った

種を蒔き散らかして　摘むことは出来ず
頭からつま先まで　後悔しどおし

君がくれた　僕に足りなかったものを
集めて並べて　忘れぬよう願う

君の全て　僕に見せて欲しかったのに
コスモスの花言葉は咲かなかった

「木漏れ日が微笑みを連れてきてくれるから」
そんなきれい事　慰めも　何を今更

君がくれた　僕に足りなかったものを
集めて並べて　忘れぬよう願う
僕の全て　君に知って欲しかったのに
コスモスの咲く季節に君は去った
さよなら
さよなら

Pink — 奇妙な夢

紫色の渡り廊下で　顔のない男と出会う
僕の方を見て笑ってるから　別に怖くはないが歩けない

壁の絵画に２、３日前の僕の記憶が描かれてて
横にいるのが　多分　君だな

二階の老婆は患(わずら)ってて　汚れた手　僕に差し出す
君はバッグを開けてピンクの　ガラス玉を渡して微笑む

それはなんだろう？　きっとなんかを　表してる　隠喩(メタファー)なんだろう？
僕にもおくれよ　君のピンクで染めて

奇妙な夢の中から　僕らを覗いてみると
本当の二人より少しマシに見せてくれるよ
今
咽(のど)の奥の方から　思いをえぐり出してみるから

僕が手を引く夜においでよ

隣で眠る裸体の女が　不機嫌そうに寝返りを打つ
それが何故かは分からないけど　多分　僕に不満を抱(いだ)いてる

今日は満月　外の方から　叫び声が聞こえてくる
泣いてるのかなぁ？　よがり声だな　きっと

恥じらいがあった昨日より　さらけ出した今日の方がより
多少黄ばんで見えたりしてるけど　愛しさは増えるよ
何したって構わないから　君の好きなようにしとくれよ
明日も僕の夢を壊してよ

思いを飲み込んだ昨日より　ぶちまけた今日の方がより
多少は黒ずんだりしてるけど　愛しさは増えるよ
今　咽の奥の方から　思いをえぐり出してみるから
僕が手を引く夜においでよ
おいでよ

血の管

川下の方で光る
水面(みなも)　ぼんやり見てた
そっと目を閉じてみる
あなたを感じる

彩りを増すばかり
愛しい日の面影
もどかしい程
心に降り積る

柔肌の上に浮かぶ
血の管にくちづけた
あの夜を想いだす
独りを感じる

空風の帰り道

からっ風が吹いたから
少し手をつないで歩こうよ
花や草木に習い僕ら
かるく揺れながら

昨夜(ゆうべ)見たテレビの中
病の子供が泣いていた
だからじゃないがこうしていられること
感謝をしなくちゃな

今日の日が終わる
また来週に会える
「さよなら」は悲しい響きだけど
君とならば愛の言葉

悔やんでも　嘆いても
時間は過ぎてしまうから
花や草木に習い僕ら
黙って手を振ろう

今日の日が終わる
また必ず会える
「さよなら」は悲しい響きだけど
僕が言えば愛の言葉

からっ風が吹いたから
ポケットに手を入れて歩くよ
花や草木に習い僕は
向かい風をうけて
一人でバス停まで
からっ風の帰り道

Any

上辺(うわべ)ばかりを撫で回されて　急にすべてに嫌気がさした僕は
僕の中に潜んだ暗闇を　無理やりほじくり出してもがいてたようだ

真実からは嘘を　嘘からは真実を
夢中で探してきたけど

今　僕のいる場所が　探してたのと違っても
間違いじゃない　きっと答えは一つじゃない
何度も手を加えた　汚れた自画像に　ほら
また12色の心で　好きな背景を描きたして行く

いろんなことを犠牲にして　巻き添いにして
悦に浸って走った自分を時代のせいにしたんだ
「もっといいことはないか？」って言いながら
卓上の空論を振り回してばっか

そして僕は知ってしまった　小手先でやりくりしたって
何一つ変えられはしない

今　僕のいる場所が　望んだものと違っても
悪くはない　きっと答えは一つじゃない
「愛してる」と君が言う　口先だけだとしても
たまらなく嬉しくなるから　それもまた僕にとって真実

交差点　信号機　排気ガスの匂い
クラクション　壁の落書き　破られたポスター

今　僕のいる場所が　探してたのと違っても
間違いじゃない　いつも答えは一つじゃない
何度も手を加えた　汚れた自画像に　ほら
また12色の心で　好きな背景を描きたして行く
また描きたして行く

そのすべて真実

天頂バス

そろそろ時間だ　急いで鞄に詰めよう
隅から隅まで未来を書きためたネタ帳　A.B.C
ここの連中と慰め合っちまえば
向こう側の奴が笑ってたって気づきもせず　Game Over

望んでいれば　いつまでも成長期
ずっとチャレンジャーで　いてえ訳じゃねえんだ
ベルトを奪いに行くぞ

天国行きのバスで行こうよ　揺れるぞ　地に足を着けろ
己の直感と交わした約束を　果たすまできっと僕に
終点などねえぞお

…で何だっけ？

「明日こそきっと」って　戯言（たわごと）ぬかして
自分を変えてくれるエピソードをただ待ってる　木偶（でく）の坊

そうしてれば　時間だけ無駄に過ぎるよ
もう　すぐそば　待ってろブルーバード

今捕まえに行くぞ

天国行きのバスで行こうよ　揺れるぞ　地に足を着けろ
己の感覚と交わした約束を　果たすまで降りはしないぜ
どんな暴風雨が襲っても　全力疾走で駆け抜けろ
僕らは雑草よ　でも逆の発想を
この胸に秘めているよ
このバディーに秘めているよ

トンネルを抜けると　次のトンネルの入り口で
果てしない闇も　永遠の光も　ないって近頃は思う
だから「自分のせいと思わない」
とか言ってないでやってみな

天国行きのバスで行こうよ　さぁ乗っかって君もおいでよ
どんな暴風雨が襲っても　全力疾走で駆け抜けろ
僕らは雑草よ　でも逆の発想を　この胸に秘めて
天国へと続く滑走路　全力疾走で駆け昇ろう
108の煩悩と　底知れぬ本能を
この胸に秘めているよ
このバディーに秘めているよ

タガタメ

ディカプリオの出世作なら　さっき僕が録画しておいたから
もう少し話をしよう　眠ってしまうにはまだ早いだろう
この星を見てるのは　君と僕と　あと何人いるかな
ある人は泣いてるだろう　ある人はキスでもしてるんだろう

子供らを被害者に　加害者にもせずに
この街で暮らすため　まず何をすべきだろう？
でももしも被害者に　加害者になったとき
出来ることと言えば
涙を流し　瞼(まぶた)を腫らし　祈るほかにないのか？

タダタダダキアッテ　（ただただ抱き合って）
カタタタキダキアッテ　（肩叩き抱き合って）
テヲトッテダキアッテ　（手を取って抱き合って）

左の人　右の人　ふとした場所できっと繋がってるから
片一方を裁けないよな　僕らは連鎖する生き物だよ

この世界に潜む　怒りや悲しみに
あと何度出会うだろう　それを許せるかな？

明日　もし晴れたら広い公園へ行こう
そしてブラブラ歩こう
手をつないで　犬も連れて　何も考えないで行こう

タタカッテ　タタカッテ　（戦って 戦って）
タガタメ　タタカッテ　（誰がため 戦って）
タタカッテ　ダレ　カッタ　（戦って 誰 勝った？）
タガタメダ　タガタメダ　（誰がためだ？ 誰がためだ？）
タガタメ　タタカッタ　（誰がため 戦った？）

子供らを被害者に　加害者にもせずに
この街で暮らすため　まず何をすべきだろう？
でももしも被害者に　加害者になったとき
かろうじて出来ることは
相変わらず　性懲（しょうこ）りもなく　愛すこと以外にない

タダタダダキアッテ　（ただただ抱き合って）
カタタタキダキアッテ　（肩叩き抱き合って）
テヲトッテダキアッテ　（手を取って抱き合って）
タダタダタダ　（ただただただ）
タダタダタダ　（ただただただ）
タダタダキアッテイコウ　（ただただ抱き合っていこう）

タタカッテ　タタカッテ　（戦って 戦って）
タガタメ　タタカッテ　（誰がため 戦って）
タタカッテ　ダレ　カッタ　（戦って 誰 勝った？）
タガタメダ　タガタメダ　（誰がためだ？ 誰がためだ？）
タガタメ　タタカッタ　（誰がため 戦った？）

HERO

例えば誰か一人の命と　引き換えに世界を救えるとして
僕は誰かが名乗り出るのを待っているだけの男だ

愛すべきたくさんの人たちが
僕を臆病者に変えてしまったんだ

小さい頃に身振り手振りを　真似てみせた
憧れになろうだなんて　大それた気持ちはない
でもヒーローになりたい　ただ一人　君にとっての
つまずいたり　転んだりするようなら
そっと手を差し伸べるよ

駄目な映画を盛り上げるために　簡単に命が捨てられていく
違う　僕らが見ていたいのは　希望に満ちた光だ

僕の手を握る少し小さな手
すっと胸の淀みを溶かしていくんだ

人生をフルコースで深く味わうための
幾つものスパイスが誰もに用意されていて
時には苦かったり　渋く思うこともあるだろう
そして最後のデザートを笑って食べる
君の側に僕は居たい

残酷に過ぎる時間の中で　きっと十分に僕も大人になったんだ
悲しくはない　切なさもない
ただこうして繰り返されてきたことが
そうこうして繰り返していくことが
嬉しい　愛しい

ずっとヒーローでありたい　ただ一人　君にとっての
ちっとも謎めいてないし　今更もう秘密はない
でもヒーローになりたい　ただ一人　君にとっての
つまずいたり　転んだりするようなら
そっと手を差し伸べるよ

妄想満月

夜の公園で　タバコをふかし
出合い頭の　君に恋する

隣のベンチに　君が座って
風が吹くたび　素敵な香り

外は満月　分別なんてのは　闇に塞がせて
君の心のすべての穢(けが)れを
教えて

君が飼ってる大型犬が　俺に吠えてる
何もしていないのに

朝が来たなら　目隠しをして　小さく話そう
君の肉体(からだ)のすべての乱れを

教えて

男の方へ　君は駆けてく
彼氏なのかな？　ただの友かな？

名も知らぬ君

こんな風にひどく蒸し暑い日

エビバデ・クラップ・ユアー・ハンズ
きっと素敵な事も沢山あるでしょう
でもこんな風にひどく蒸し暑い日は　思い出してしまうんだ

その日　記録的猛暑が僕らを襲ってきて
映画館に逃げ込んで卑猥(ひわい)な映画見た

部屋に着くともう僕らはガラス窓閉め切って
エアコンのない君の部屋でただ夢中になってた

流れ出したモノでシーツが濡れてしまって
君はゴミでも捨てるように洗濯機に入れた

忘れて過ごしてんだ　そんな光景は　今じゃ女房も子もある
でもこんな風にひどく蒸し暑い日は　思い出してしまうんだ

キャスターは温暖化の深刻さ訴える
「異常ですね」っておばちゃんも広場で話してる

人類の行く末　考えると不安で
水浸しの地球儀が夢の中でプカプカ浮いていた

忘れたふりしてんだ　あんな光景は
そんなに怖がってもいらんない
でもこんな風にひどく蒸し暑い日は　思い出してしまうんだ

エビバデ・クラップ・ユアー・ハンズ
きっと素敵な事も沢山あるでしょう
でもこんな風にひどく蒸し暑い日は　思い出してしまうんだ

エビバデ・クラップ・ユアー・ハンズ
きっと素敵な事も沢山あるでしょう
でもこんな風にひどく蒸し暑い日は　思い出してしまうんだ

エビバデ・クラップ・ユアー・ハンズ
有楽町で今夜ホステスさんと遊ぶよ
でもこんな風にひどく蒸し暑い日は　思い出してしまうんだ
思い出したくないが
思い出してしまうんだ

ヨーイドン

目をつぶってさ　ブランコを思い切り漕ぐんだ
いつもより幾分　大人びてる気分
空を飛んでるイメージで風を蹴るんだ
どこへでも行ける　いま旅立ちを告げるよ

ヨーイドンの合図　待たずして僕ら大人になっていくよ
どこに向かっているのかなんて分かんない
でも飛び出していくよ　転がりだしていくよ

偉い教授も専門家も分かってないよなぁ
数字やデータで未来はつくれない
ぼかりと空いた心の穴埋め問題は一人では解けない
ねぇ　一緒に解いてよ

いい手本が近くにいっぱいあんだ　幸せになってみせるよ
半ズボンもリボンも似合わなくなった　大人も悩んでいるよ
転がり続けていくよ

　僕の胸に　君の胸に
　輝いて見えるもの風化させないでよ
　時間のタオルで磨いて

　目をつぶってさ　ブランコを思い切り漕ぐんだ
　どこへでも行ける　いま旅立ちを告げるよ

ヨーイドンの合図　待たずして僕ら大人になっていくよ
どこに向かっているのかなんて分かんない
でも飛び出していくよ
いい手本が近くにいっぱいあんだ　幸せになってみせるよ
半ズボンもリボンも似合わないような　大人になっていくよ
転がり続けていくよ

Worlds end

ゆっくり旋回してきた大型の旅客機が
僕らの真上で得意気に
太陽に覆い被さった　その分厚い雲を
難なく突き破って消える

まるで流れ星にするように
僕らは見上げてた
思い思いの願いをその翼に重ねて

「何に縛られるでもなく　僕らはどこへでも行ける
そう　どんな世界の果てへも　気ままに旅して廻って…」
行き止まりの壁の前で　何度も言い聞かせてみる
雲の合間　一筋の光が差し込んでくる映像と君を浮かべて

捨てるのに胸が痛んでとっておいたケーキを
結局腐らせて捨てる
分かってる　期限付きなんだろう　大抵は何でも
永遠が聞いて呆れる

僕らはきっと試されてる
どれくらいの強さで
明日（あした）を信じていけるのかを…　多分　そうだよ

飲み込んで吐き出すだけの単純作業繰り返す
自動販売機みたいに　この街にボーっと突っ立って
そこにあることで誰かが特別喜ぶでもない
でも僕が放つ明かりで　君の足下を照らしてみせるよ
きっと　きっと

「誰が指図するでもなく　僕らはどこへでも行ける
そう　どんな世界の果てへも　気ままに旅して廻って…」
暗闇に包まれた時　何度も言い聞かせてみる
いま僕が放つ明かりが　君の足下を照らすよ
何にも縛られちゃいない　だけど僕ら繋がっている
どんな世界の果てへも　この確かな思いを連れて

Monster

あだ名は「トビウオ」
でもお日様が嫌いで　この街を潜水して泳いでいく
真向かいのビルを敵のアジトに見立てて
文明やなんかを憎んでみる
セキュリティーがイヤモニして　警戒を強化しだした
ラブ＆ピースが与えられた使命だ
だけど特に何をするでもない

Knock Knock　誰かいますか？　開けてくれますか？
Knock Knock　ご存知ですか？　僕はモンスター

彼女は「カナリヤ」　人目に触れたがらない
メモ帳の中にだけ存在している
聞かせてくれたことはまだ無いが　きれいな虹色の声で歌うよ
誰ともSEXしなくても　子供だって身籠(みご)もれる

全裸でいるのは宗教上の理由だ　慈悲の御心（みこころ）で世界を救う

Knock Knock　誰かいますか？　入れてくれますか？
Knock Knock　お気付きですか？　あなたもモンスター
さぁ　どんな叫び声をあげようか？

探していました　分かり合える人を　ずっと
悲しい顔して　哀れんでくれてるんですね
でも　分かります　そのうち分かります　あなたにも

大丈夫　大丈夫　痛くもないし　怖くもないです
大丈夫　大丈夫　僕と一緒　あなたもモンスター

Knock Knock　誰かいますか？　開けてくれますか？
Knock Knock　ご存知ですか？　僕はモンスター
Knock Knock　お気付きですか？　あなたもモンスター
さぁ　どんな叫び声をあげようか？

未来

名前もない路上でヒッチハイクしている　膝(ひざ)を抱えて待ってる
ここは荒れ果てていて人の気配はないし　誰もここを通らないや
進入禁止だってあらゆるもの拒絶して　追い払ったのは僕だから
誰も迎えに来ない　ちゃんと分かってるって
だけどもう少し待ってたい

生きてる理由なんてない　だけど死にたくもない
こうして今日をやり過ごしてる

生まれたての僕らの前にはただ　果てしない未来があって
それを信じてれば　何も恐れずにいられた
そして今僕の目の前に横たわる　先の知れた未来を
信じたくなくて　目を閉じて過ごしている

女が運転する車が止まって　「乗せてあげる」と言った

僕は感謝を告げて　車のドアを開いて
助手席に座って
また礼を言う
しばらく走ると僕は硬いシートに　居心地が悪くなって
女の話に相槌(あいづち)打つのも嫌になって　眠ったふりした

僕らは予定通りのコースを走ってきた
少なくとも今日まで

　出会った日の僕らの前にはただ　美しい予感があって
　それを信じたまま　甘い恋をしていられた
　そして今　音もたてず忍び寄る　この別れの予感を
　信じたくなくて　光を探している

　生まれたての僕らの前にはただ　果てしない未来があって
　それを信じてれば　何も恐れずにいられた
　そして今僕の目の前に横たわる　先の知れた未来を
　信じたくなくて　少しだけあがいてみる
　いつかこの僕の目の前に横たわる　先の知れた未来を
　変えてみせると　この胸に刻みつけるよ
　自分を信じたなら　ほら未来が動き出す
　ヒッチハイクをしてる　僕を迎えに行こう

僕らの音

bye-bye bye-bye bye-bye

風の音が　鳥の声が　別れの歌に聞こえる

会いたい　会えない　会いたい

そんな日には　どんなふうにして二人の距離を縮める?

不安が心を占める

君は九月の朝に吹き荒れた通り雨

叩きつけられて　虹を見たんだ　そこで世界は変わった

そうだ　リズムやハーモニーがふっとずれてしまっても

ゆっくり音を奏でよう

まだ　まだ　まだ　イントロも終わってない

I like… I love… I love…

　落ち葉　噴水　自転車　犬
　耳をすませば聞こえる
　すべてが愛を歌ってる

名作と呼ばれる作品を観たり　聞いたり
読みあさったりして　大人を気取って　少し無理して暮らした
だけど　君の事となると途端に分からなくなる
恋するだけの阿呆になる
ただ　ただ　ただ　胸が苦しくなる

　君は九月の朝に吹き荒れた通り雨
　叩きつけられて　虹を見たんだ　そこで世界は変わった

そうだ　理論や知識にもとづいたものじゃなくても
信じた音を奏でよう
ホラ　ホラ　ホラ　間違ってなんかない
ホラ　ホラ　ホラ　きっと正解もない
これが僕らの音

and I love you

飛べるよ　君にも　羽を広げてごらんよ
一緒に行こう　さあ準備を　ほら早くしておいでよ
はぐれずに付いて来れるかい？　僕に

君には従順を　僕には優しさを
互いに演じさせて　疲れてしまうけど
それでも意味はあるかい　どう思う？
今も欲しがってくれるかい？　僕を

傷付け合う為じゃなく　僕らは出会ったって言い切れるかなあ？
今　分かる答えはひとつ　ただひとつ
I love you　　and I love you　　and I love you

未熟な情熱を　何の保証もない明日を
信じて　疑って　足がすくんでも

まだ助走を続けるさ　今日も
一緒に超えてくれるかい　　　昨日を

もう一人きりじゃ飛べない　君が僕を軽くしてるから
今ならきっと照れないで　歌える　歌える　歌える
I love you　　　and I love you　　　and I love you

どうしようもなく急に一人になりたい時があり
屋上で月を眺めてた
君に想いが強く向くほど　臆病になるのが分かって
素直には認められなくて
でも　君が僕につき通してた　嘘をあきらめた日
それが来るのを感じたんだ
未来がまた一つ　ほらまた一つ
僕らに近づいてる
I love you　　　and I love you　　　and I love you

靴ひも

いつまでうだうだしてるんだ
どうすべきかは知ってるんだ
君の絵の具で濁った僕がいい
こだわってたものみんな
誰かに譲ったっていいや
失いたくない　急がなくちゃ

靴ひもも結ばずに　駆け足で飛び出して
停留所を通過してく　そのバスに飛び乗って
ああ　一秒でも早く君の待つ場所へ

スーパーの前の歩道に
主人を待つ雑種の犬
ガードレールに繋がれている
君に微笑んで欲しくて

吊り革握っている僕とどこか似ている
そわそわして

愛しくて　苦しくて　そして自分を見失って
ウザったくて　終わらして　でももっと　苦しくて
あぁ　一瞬でも早く君の待つ場所へ

渋滞で　停車した　このバスを飛び出して
靴ひもも気にせずに　全力で駆け出して
愛しくて　切なくて　君の色で　濁っている
その部分が　今一番　好きな色　僕の色
あぁ　一秒でも早く君の待つ場所へ
あぁ　一瞬でも早く君の待つ場所へ

CANDY

「あきらめよ」と　諭(さと)す回路に　君がそっと侵入してきて
何食わぬ顔で　夢をチラつかす
上手に包んで仕舞ったものが　「飛び出したい」と疼いてる
痛い記憶を最後に寝たふりしていたくせに

柄でもないけど　会えると嬉しいよ
悩んだ末に想いを飲み込む日々
ほろ苦いキャンディーが　まだ胸のポケットにあった
気付かせたのは君

多くの事を求め過ぎて　出来るだけ側に居たくて
そんなことしてる間に息が詰まる
大抵　人はこんな感じで大事なもんを失うんだろう
そして懲りもせず　君を欲しがってる

みっともないけど　すべてが愛しいよ
ふと夕暮れに孤独が爆発する
甘酸っぱいキャンディーが　僕の胸のポケットにあるんだ
君が食べておくれ

昨日の夜　いつもの偏頭痛が僕を襲って　飲み込むタブレット
やけに会いたくて　声が聞きたくなって

みっともないけど　すべてが愛しいよ
ひとり夜更けに孤独が爆発する
ほろ苦いキャンディーが　まだ胸のポケットにあった
ただ　ひとつだけ
甘酸っぱいキャンディーが　まだ胸のポケットにあるんだ
君が食べておくれ

ランニングハイ

甲「理論武装で攻め勝ったと思うな　バカタレ！」
乙「分かってる　仕方ないだろう他に打つ手立て無くて」
甲「威勢がいいわりにちっとも前に進めてないぜっ」
乙「黙ってろ！　この荷物の重さ　知らないくせして」

向こう側にいる内面とドッチボール
威嚇して　逃げ回り　受け止めて　弾き返す

「もう疲れた誰か助けてよ！」　そんな合図出したって
誰も観ていない　ましてタイムを告げる笛は鳴らねぇ
なら　息絶えるまで駆けてみよう　恥をまき散らして
胸に纏う玉虫色の衣装をはためかせていこう

苛々して仕方ない日は　疲れた体を
都合のいい恋にあずけて　終われば寝た振りして

あれっ　俺ッ　何してんだろう？　忘れた　分からねぇ
太陽が照りつけるとやけに後ろめたくて

前倣え　右へ倣えの欲望　気付けば要らんもんばかり
まだ間に合うかなクーリングオフ

亡霊が出るというお屋敷を　キャタピラが踏みつぶして
来春ごろにマンションに変わると代理人が告げる
また僕を育ててくれた景色が　呆気(あっけ)なく金になった
少しだけ感傷に浸った後　「まぁ　それもそうだなぁ」

時代とか　社会とか　無理にでも敵に仕立てないと
味方を探せない　愉快に暮らせないよ

仕組んだのは他の誰でもない　俺だって　自首したって
誰も聞いてない　まして罪が軽くなんかならねぇ
なら息絶えるまで駆けてみよう　恥をまき散らして
退(ひ)きどきだと言うなかれ素人！　まだ走れるんだ
息絶えるまで駆けてみよう　恥をまき散らして
胸に纏う玉虫色の衣装を見せびらかしていこう

Sign

届いてくれるといいな　君の分かんないところで
僕も今奏でてるよ
育たないで萎(しお)れてた　新芽みたいな音符(おもい)を
二つ重ねて鳴らすハーモニー

「ありがとう」と「ごめんね」を繰り返して僕ら
人恋しさを積み木みたいに乗せてゆく

ありふれた時間が愛しく思えたら
それは〝愛の仕業〟と小さく笑った
君が見せる仕草　僕に向けられてるサイン
もう　何ひとつ見落とさない　そんなことを考えている

たまに無頓着な言葉で汚し合って
互いの未熟さに嫌気がさす

でも　いつかは裸になり　甘い体温に触れて
優しさを見せつけ合う

似てるけど　どこか違う　だけど同じ匂い
身体でも　心でもなく　愛している

僅かだって明かりが心に灯るなら
大切にしなきゃと僕らは誓った
めぐり逢ったすべてのものから送られるサイン
もう　何ひとつ見逃さない　そうやって　暮らしてゆこう

緑道の木漏れ日が君にあたって揺れる
時間の美しさと　残酷さを知る

残された時間が僕らにはあるから
大切にしなきゃと小さく笑った
君が見せる仕草　僕を強くさせるサイン
もう　何ひとつ見落とさない　そうやって　暮らしてゆこう
そんなことを考えている

Door

そのドアを開けてくれ
そのドアを開けてくれ
もう何十回もノックして　ノックしてるよ
居留守をつかってんのなんて知っているよ　開けてくれ

そのドアは重くて
立て付けが悪くて
ギシギシと嫌な音がする　それも知ってるよ
でも入れてくれさえすれば　そんなこと忘れさせるよ

このドアを開けて下さい
管理人に言ったんだ
でも不審者扱いで　帰れ　帰れって言うよ

鍵が見当たらないんだ　あれっ　昨日何処にしまったっけ？

このドアはひょっとして
ひょっとしたらひょっとして
何の喩(たと)えでも象徴でもメッセージでも無くて
開いたって昨日と同じ　生活が待っていたりして

そのドアを開けてくれ
そのドアを開けてくれ
もう何百回もノックして　ノックしてるよ
居留守をつかってんのなんて知っているよ　開けてくれ

跳べ

大体　君の知っての通りだ　頑張っちゃいるんだけれど
実際はこんなスケールの小さなボンクラ
中肉中背　ガキの頃から　これといった特技はなく
褒(ほ)められも　叱られもしないで来たんです

変わんなくちゃ　今日で終わりにしなくちゃなぁ
毎回誓い立ててるけど　一向に標的へと進んでる気がしない
腰痛と偏頭痛　抱えてる　家庭環境も良くは無い
そんなネタを楯(たて)にして逃げてばかりで

この間　ヘンテコな夢を見た　おばあちゃんが出てきて
弱った僕をおんぶしてくれて　悪い奴らをやっつけた
その翌朝　仏壇に手を合わせて　お礼を言って
そこで世界がクリアに見えた
どういった理由かは分からない　実際　そうだったんだからそれでいい

跳べ！　向かい風に乗って「どうせ出来やしない」と植え付けた
自己暗示を引っこ抜いて　呪縛を解け！
カーペットの上　ソファーの上　思い立った瞬間
そこは滑走路　跳べ　跳べ

通りを我が物顔して　馬鹿騒ぎしてる若人（わこうど）に
実際はちょっとジェラシー感じていたりします
安定を得るために斬り捨てた　衝動が化けて出てきて
枕元で言うんだ「跳びたい　跳びたい」と

プリン体の存在を知れば　選ぶビールを変える
日本中がみんな　みのもんた　生き抜く秘訣を手にしたい
だけど昨日　夜が明けるまで　浴びるほど呑んで
なぜかそれ以来調子いいんだ
どういった理由かは分からない　実際　そうだったんだからそれでいい

跳べ！　イメージの羽　ばたつかせて　失敗を前提にした言い逃れを
引っこ抜いて　呪縛を解け！
滑り台の上　ベンチの上　思い立った瞬間
そこは出発点　跳べ　跳べ

自分を縛ってる命綱　そいつを離してみるんだ
そして自由を摑（つか）み取るんだ　取るんだ
ワン　ツーのスリー　ＧＯ！で　走り出すんだ
目指すべき場所はなくとも　いつか辿り着くんだ　跳ぶんだ

そうだ　ここが出発点　そうだ　ここが滑走路　羽を開き　呪縛を解き
そうだ　ここが出発点　そうだ　ここが滑走路　目指すべき場所はなくとも

離陸せよ！

隔たり

たった0・05ミリ
合成ゴムの隔たりを
その日　君は嫌がった
僕は　それに応じる

——
恐いのは病気じゃない
君が胸に秘めた想い
だけど嫌な気分じゃない
僕は　それに応じる

——
柔らかい体温が今
夜を包む
魔法にかかったみたいだ

―――
UFOなんて信じない
神様も僕と関係ない
だけど目には見えないものを
僕ら　抱きしめる

―――
君は美しきスパイダー
羽虫(はねむし)が僕
あえて飛び込んで行くんだ

―――
知らない方が良かったと
思うことがこの世にある
だけどもっと知りたい
深くまで愛を知りたい

―――
たった0・05ミリ
合成ゴムの隔たりを
その日　君は嫌がった
僕は　それに応じる

潜水

バラバラに散らばったパズルが床でふて寝している
恨めしそうだけれど　どうしようもない
どれが元通りの形かは　もはや知りたくもない
これはこれで結構芸術だ

無造作の中に潜んだ意識を知ろう
赤　白　青　黄色

そうだ　冷えたビールを飲もう
金と黒のラベル選んで　出来るだけ一息で
あぁ　あぁ　あぁ
あぁ　生きてるって感じ

調子良さそうだねって言われたらそんな気もしてくる
畳んでおいた羽が開きそうになる

「傷つきやすそうに見えるでしょ　案外強いのよ」
君の言葉いじらしくて泣きそうになる

ピアノ叩いても音しか出ない
君に届くはずない

そうだ　明日プールに行こう
澄んだ水の中　潜水で泳いで
苦しくたって　出来るだけ　出来るだけ
遠くまで　あぁ　あぁ　あぁ
あぁ　生きてるって感じ
あぁ　生きてるって感じ

ほころび

ほころんだ場所がこの胸にある
悲しみを跨(また)いだ時　出来たのかな?
ほつれた糸を無意識で引っ張る
するりするりとほどけていった

ほころびはまた広がって
何かが顔を出した
そこにいたのは君だった
笑ってる君

水玉模様のスカートが揺れる
晴れた日の公園　よく覚えてる
キンモクセイが植わった木陰を見つけて
ビールなんか飲んで　手だけつないで

広い芝生に横になって
青い空を見ていた
気持ちがよくて　ウトウトして
まぶた閉じた
君の匂いが好きだった
甘い匂いがした
夢から覚めると独りぼっち
君はもういない
寝転がってる君はいない

my sweet heart

君はストロベリーソーダ
僕はスパークリングワイン
時間をかけて飲んで　楽しいおしゃべり
この後どこに行こうか？　それとも送ろうか？
ママが心配してるよ　電話入れたらどう？

恋に落ちそうだよ
君はかわいい　my sweet heart

何処の誰かも知らない友達のお話
えんえんと続ける　でもそれも嬉しい
急がなくてもいいよ　大人になんのなら
なるたけゆっくりがいい
ほらアイスクリームはどう？

僕を振り回してくれよ
君はかわいい　my sweet heart

恋に落ちそうだよ
少女のままでいい
おとなにならなくていい
君は愛しい　my sweet heart
恋に落ちそうだよ　my sweet heart

ひびき

タンデムシートに座って歌っている君の声が
背中越しに小さく響いてる
調子外れの下手くそな歌だけど
この声だ　その響きだ　一番好きな音は

見つからなかった探し物はポケットに入ってました。と
幸せなんかおそらくそんな感じでしょ!?って
君の声は 教えてくれる

去年の誕生日　クラッカーを鳴らして
破裂する喜びに酔いしれていたけど
外を歩いたら銃声が聞こえる
あの場所じゃ　その音は　悲しげに響くだろうな

君が好きで　君が好きで　涙がこぼれるんだよ

血生臭いニュース　ひとまず引出しにしまって
風のように　川のように　君と歩いていく
時に嵐に　たまに流れに　飲み込まれそうになるけど

喧嘩しても　仲直りして　そうやって深まってけばいい
幸せなんか　そこら中いっぱい落ちてるから
欲張らずに拾っていこう

君が好きで　君が好きで　切なさはやって来るんだよ
僕の世界はまたひとつ君と響き合って
風のように流れていく
川のように流れていく

Wake me up!

水平線がおひさまとキスしながら　一日の始まりを讃える
僕は大きく背伸びをしながら　あくびなんかしてそれに答える

耳を澄ましたら　ほら聞こえてきそうだよ
ジワジワって地球が回る音　まるでイントロみたいに

Wake me up!　今日こそ
吐き気をもよおしそうな
鏡の中の湿っぽい顔した自分に手を振るよ
凹(へこ)んではひねくれていた　昨日も連れて行こう
この目の前にある恐ろしくて　それでいて優しい海原を
僕は泳いでく

表彰台に登った記憶なんかない　それで何不自由なく暮らしてきた
ひょっとしたら「あきらめろ」って僕は　僕自身を説得してきたのかも

自分らしくある事　そこに甘えずに生きていたい
でもそのための一歩が踏み出せずにいるんだ

Wake me up!　祈るように　ありきたりの日々を
自分自身にかけた催眠術を解いて　目を開こう
「心の闇」だなんだって　時代の所為にしてきたろう？
この街中にある　満ち足りていて　でも空虚な砂漠を
君と歩いてく

明日になる前に　今日が終わる前に
見出せるかな　産まれては消える命の意味を

Wake me up!　行こうよ
吐き気をもよおしそうな
鏡の中の湿っぽい顔した人よ　またいつか会おう
凹んではひねくれていた　昨日も連れて行こう
この目の前にある恐ろしくて　それでいて優しい海原を
僕は泳いでく
君と泳いでく

革命は起きない　ありきたりの日々を
祈るように生きよう
Wake me up　Wake me up

彩り

ただ目の前に並べられた仕事を手際よくこなしてく
コーヒーを相棒にして
いいさ　誰が褒めるでもないけど
小さなプライドをこの胸に　勲章みたいに付けて

僕のした単純作業が　この世界を回り回って
まだ出会ったこともない人の笑い声を作ってゆく
そんな些細な生き甲斐が　日常に彩り（いろど）を加える
モノクロの僕の毎日に　少ないけど
赤　黄色　緑

今　社会とか世界のどこかで起きる大きな出来事を
取り上げて議論して
少し自分が高尚な人種になれた気がして
夜が明けて　また小さな庶民

憧れにはほど遠くって　手を伸ばしても届かなくて
カタログは付箋(ふせん)したまんま　ゴミ箱へと捨てるのがオチ
そして些細な生き甲斐は　時に馬鹿馬鹿しく思える
あわてて僕は彩(いろ)を探す　にじんでいても　　　金　銀　紫

ただいま
おかえり

なんてことのない作業が　この世界を回り回って
何処の誰かも知らない人の笑い声を作ってゆく
そんな些細な生き甲斐が　日常に彩りを加える
モノクロの僕の毎日に　増やしていく　　　水色　オレンジ

なんてことのない作業が　回り回り回り回って
今　僕の目の前の人の笑い顔を作ってゆく
そんな確かな生き甲斐が　日常に彩りを加える
モノクロの僕の毎日に　頬が染まる　　　温かなピンク
増やしていく　きれいな彩り

箒星

寝れない日が続いて　かすれた僕の声が
はしゃいでる君の気持ちを曇らせた
「別にそれほど疲れていやしない」
なるたけ優しい言葉　慌てて探してみる

君は知ってんだろう？　僕の大風呂敷を
今　そいつで未来を盗むから　さぁ手伝って

古い遊園地の観覧車から見慣れた街見下ろし
ほら　今日までの僕らに　小さくエールでも贈ろうか
目を瞑っても消えない光　君の心に見付けた
すぅーっと　優しく淡く弧を描いて　頬を撫でてく「箒星」

教えない　知り過ぎてるから教えない
口に出すと悲しみは　次の悲しみを生むだろう

知りたい　それでもまだまだ知りたい
積まれた理屈を越えて　その退屈を越えて

最近ストレッチを怠ってるからかなぁ？
上手く開けないんだ、心が。ぎこちなくて

でもね僕らは未来の担い手　人の形した光
暗闇と戯(じゃ)れ合(あ)っては　眩しく煌めく「篝星」
心配事ばっかり見付けないで　慌てないで探してこう
いつか必ず叶うって決め込んで路頭に迷った祈り

目を瞑っても消えない光　夜空に託した祈り
今日もどこかで光ってる　誰の目にも触れない場所で
悪いとこばっかり見付けないで　僕ら一緒に探そう
ずっと　優しく淡く　弧を描いて　夜を撫でてく「篝星」
光り続ける「篝星」

Another Story

最終のバスにはまだ間に合うかなぁ
遠くの街まで君を迎えに行く
いつも笑ってた　無理してたんだな　それも分かってた

自分のことばかりいつも主張して　君の言葉なら上の空で聞いて
ギターを弾いてた　ぼんやりといつも　ギターを弾いてた

ごめんねって言葉　君は聞き飽きてるんじゃないかなぁ？
どんな風に言えば　優しい君は戻ってくるかなぁ？
よく出かけた公園をバスは今通過中
いつかの君が横切る

記念日を携帯が知らせてくれて
そんなときばかりうまく立ち回って
誇張して言えば　そんな感じだろう　君にしてみれば

抱き合いながら　僕らは孤独とキスをして
分かったような台詞（せりふ）　ささやきながら眠りに落ちて
朝が来て日常が　僕らを叩き起こし
逃げるようにベッドから這い出る

最終のバスは君にたどり着いて
恐る恐る僕は君の名を呼んだ
君は笑ってた　無理はしないでよ　だけど笑ってた

夢とか理想とかおもちゃみたいにまだ思ってるかなぁ？
分かり合うなんてそう簡単じゃないのは分かってる
ごめんねって言葉　君は聞き飽きてるんだろうけど
誤解がしょうじないように　簡潔に伝えられぬもんかなぁ
君と生きる毎日が　なんだかんだ言って嬉しい
そう君の笑顔と共に
そう君の笑顔と共に

PIANO MAN

くだらぬテレビ点(っ)けっ放しで　明け方近くに思いついたのは
「やめちゃおうかどうか」で
誰にも望まれてない気がする　生き甲斐だなんて言える代物じゃねぇ
これはきっと確かだ

志(こころざし)と理念ばっか大きな顔して　猫背気味の現実とバランス悪いみたいなんだ

郵便ポストに投げ込まれた　数多(あまた)の誘惑に食いついたなら
ハッピーになれるかな？
突き付けられた　締め切り　ノルマ　いったい誰のために生きてんだろう？
考えるのも飽きたなぁ

床の上に横になって一日中寝ていたい　自由をつかんだ空想が僕を癒してく

無限大にある　きっと可能性は果てしない
転んだなら　這いつくばったって進もう
立ちすくんでいようが　歩いていようが　時計の針は進むぞ
all right all right all right

言い聞かせるよ　イッツ　ゴナ　ビー　オーライ

いがみ合いなんてしたくないけど　口を開く度角が立つじゃない
孤独よりはましかなぁ
政治も株価も道行く人も怪しいけれど　自分を誰より信用できないでいる

種も仕掛けも見破られた手品　見せるよ
ダマされたふりしてくれる人　誰かいないかな

遠慮はいらない　思うがままに生きればいい
ポテンシャルなら　まだ十分に発揮していない
捨てる神あらば拾う神あり　その両方と手をつないだら
all right all right all right
呪文唱えるよ　イッツ　ゴナ　ビー　オーライ

遠慮はいらない　思うがままに生きればいい
ポテンシャルなら　まだ十分に発揮していない
無限大にある　きっと可能性は果てしない
転んだなら　這いつくばったって進もう
立ちすくんでいようが　歩いていようが　時計の針は進むぞ
all right all right all right
言い聞かせるよ　イッツ　ゴナ　ビー　オーライ
all right all right all right
呪文唱えるよ　イッツ　ゴナ　ビー　オーライ

もっと

悲しみの場所に灯された裸電球に似た光
それはほら吹きに毛の生えた　にわか詩人の蒼い願い

華やぐ季節がそこまで来てるのに
相変わらず心をどこかに置いたまま

暗い目をしてたって　この星のリズムは
君に笑顔を降らすから　きっと　　きっと　　きっと

ヘッドフォンで塞いだはずの理由のない孤独な叫び
やわな手足をもぎ取られた　バッタみたいに踠く思い

世界は誰にでも門を開いて待っている
平等の名の下に請求書と一緒に
そんな理不尽もコメディーに見えてくるまで

大きいハート持てるといいな
もっと　もっと　もっと
もっと　もっと　もっと

夜ごとの花火はもう上がらなくていい
心に消えない光が咲いてるから

暗い目をしてたって　この星のリズムは
君に笑顔を降らすから　きっと　きっと　きっと

どんな理不尽もコメディーに見えてくるまで
大きいハート持てるといいな
もっと　もっと　もっと
もっと　もっと　もっと

やわらかい風

やわらかい風が吹いたら　ふと目を瞑(つむ)って
元気で過ごしてるかな？
そんなことを思うんだ

君の自転車の後をジョギングして
かけてく遊歩道　それで嬉しかった

何気なく笑い合えたな　会話なんてなくたって
忙しく過ごしてるかな？
風邪なんかひいていないかな？

君が抱(いだ)いてた悲しみ　寂しさ　もどかしさ
何にもしてやれなかったなぁ　それが悔しかった

もっと大きな器で　もっと優しくて

そういう僕なら君を救えたろうな

世知辛い時代だとアナウンスされてるけど
君と過ごした時間があるから　僕は恵まれてるって言える

始まりも終わりも　どこかあやふやで
頭の切り替えが　上手くいかないまんま

何気なく笑い合えたな　今もそうならいいな
忙しく過ごしてるかな？
誰かと出会っているかな？

やわらかい風が吹いたら　また目を瞑って
元気で過ごしてるかな？
そんなことを思うんだ
やわらかい風が吹いたら…
やわらかい風が吹いたら…

フェイク

言ってしまえば僕らなんか似せて作ったマガイモノです
すぐにそれと見破られぬように上げ底して暮らしています

ほっぺたから横隔膜まで　誰かを呪ってやるって気持ち膨らまし
「こんなんじゃ嫌だ！」って苦肉の策を練って　なんとか今日を生きてるよ

虚しさを抱えて　夢をぶら下げ　二階建ての明日へとTAKE OFF
灰になっても
諦めちゃまた始めから出直したりして
まだ自分を嫌いになれずにいるみたいだ　oh oh oh
体中に染みついている嘘を信じていく

どれくらいのペースで行こう？　まずは何番手に着こう？
あれこれって知恵を絞ったあげくが裏目にでます

「愛してる」って女が言ってきたって
誰かと取っ替えのきく代用品でしかないんだ
ホック外してる途中で気付いていたって　ただ腰を振り続けるよ

寂しさを背負って　恋に繋がれ　地下二階の過去からTAKE OFF
ハイエナのよう
つまずいて抜かれたけどびゅんと追い詰めて
ちょっと自分にプライドを取り戻せたのに　oh oh oh
この手が掴んだものは　またしてもフェイク

飛び込んでくる音　目に入る映像
暫(しばら)く遮断して心を澄まして
何が見えますか？　誰の声が聞こえますか？
いつまでも抱きしめていれるかな？

虚しさを抱えて　夢をぶら下げ　二階建ての明日へとTAKE OFF
ハイジャンプしよう
騙されちゃまた懲りもせず信じたりして
もう誰も疑わずにいれるなら　oh oh oh　許し合えるなら
大切に抱きしめてた宝物がある日急に偽物と明かされても　oh oh oh
世界中にすり込まれている嘘を信じていく
すべてはフェイク
それすら…

ポケット　カスタネット

ポケットに君のメロディー　いつも持ち歩いている生き物
それが僕です　そっと祈るように響かせる　体中に
例えばカスタネットで簡単なリズム　奏でている
それが君です　気まぐれに生真面目(きまじめ)に僕を導いてゆく

つないだ手が語りかける　声になる前の優しい言葉
裏表のない次元でゆっくりと今　呼吸している

お天気がすぐれない日は君の心にある雨雲を
取り除いて太陽を差し出せる存在　そうありたい
靴を汚し　踵減らし　歩いてゆく長い凸凹道

季節ごとに咲いた花の香りを僕ら踏みしめてく

つないだ手が語りかける　声になる前の優しい言葉
裏表のない次元でゆっくりと今　呼吸している

靴を汚し　踵減らし　歩いてゆく長い凸凹道
季節ごとに咲いた花の香りを僕ら踏みしめてく

SUNRISE

フェードアウトしてゆく優しいメロディー
スピーカーに耳を澄まして
乾いた部屋に余韻がこだました
目の前の扉　開けない僕をせかし続けていた時間が
その間だけ静かに止まった

公園の方から笑い声
最後に笑った日　思い出そうとしてやめて…

思い切り息を吸い込んで　この想いを空に放ちたい
自分の世界に閉じこもった　冴えない気分から抜け出して
どんなときだってサンライズ　この胸に輝かせていたいんだ
大きなもの　揺るぎないもの　そう疑いもしないで過ごした
家族の愛にいつも守られて

どうしてこんな　不確かなものを　無邪気に信じていれたんだ？
どうしてこんな　不安定なものを…

少年の日々を回想（おも）うとき
不思議なほど幸福な気持ちが僕を包む

思い切り両手を伸ばして　あの優しい空気に触りたい
僕を金縛りにする　すべての迷いを引（ひ）き千切（ちぎ）って
まだ分かりたくはない　どうせいつか思い知らされるんだ

Sunrise brightens up

誰かを愛したり　抱き合ったり
繰り返すいのちに少し今も胸が躍る

思い切り息を吸い込んで　この想いを空に放ちたい
自分の世界に閉じこもった　冴えない気分から抜け出して
何度沈んだってサンライズ　この胸に輝かせていたいんだ

しるし

最初からこうなることが決まっていたみたいに
違うテンポで刻む鼓動を互いが聞いてる
どんな言葉を選んでも　どこか嘘っぽいんだ
左脳に書いた手紙　ぐちゃぐちゃに丸めて捨てる

心の声は君に届くのかな？
沈黙の歌に乗って…

ダーリンダーリン　いろんな角度から君を見てきた
そのどれもが素晴しくて　僕は愛を思い知るんだ
「半信半疑＝傷つかない為の予防線」を
今、微妙なニュアンスで君は示そうとしている

「おんなじ顔をしてる」と誰かが冷やかした写真
僕らは似ているのかなぁ？　それとも似てきたのかなぁ？

面倒臭いって思うくらいに真面目に向き合っていた
軽はずみだった自分をうらやましくなるほどに

心の声は誰が聞くこともない
それもいい　その方がいい

ダーリンダーリン　いろんな顔を持つ君を知ってるよ
何をして過ごしていたって　思いだして苦しくなるんだ
カレンダーに記入したいくつもの記念日より
小刻みに　鮮明に　僕の記憶を埋めつくす

泣いたり笑ったり　不安定な想いだけど
それが君と僕のしるし

ダーリンダーリン　いろんな角度から君を見てきた
共に生きれない日が来たって　どうせ愛してしまうと思うんだ
ダーリンダーリン　Oh My darling
狂おしく　鮮明に　僕の記憶を埋めつくす
ダーリンダーリン

通り雨

受け入れたつもりが　どこかで拒んでる　その理由すら自分でわからない
目に見えている事　その向こう側にある命の息吹(いぶき)　聞こえる

叶わない夢なら　捨てちゃえば身軽だよ
知ってる　分かってるんだけども　もう少し抱きしめていたいや

通り雨　ほらまた降り出した　木の下で雨宿りしながら
物思いにふけっているよ
通り雨　この胸を濡らして　水溜まり　いくつも作っていく
いつか光が射して　それが乱反射し合って　キラキラ輝くといいのに

甘えるのが嫌で　寂しいのが苦手　あまのじゃくだと　君は笑うけれど
恨み続けながら　とっくに許してる　そんな毎日　繰り返す

生まれた瞬間から　ゆっくりと死んでゆく
そこからは　もう逃れようがないなら　笑っていたいんだけどな…

通り雨　まだ降り続いてる　新聞をめくってる間に
また陽は照りつけるだろう

通り雨　この胸を濡らして　水溜まり　いくつも作っていく
いつしか夜になって　そこに星空が映って　キラキラ輝くといいのに

雨上がりの街にある特有の匂い　透き通った空気が好きだった
何かをリセットしたみたいな気配が　新しい僕を運んでくる気がして…

通り雨　ほらまた降り出した　鼻歌を歌ってる間に
また陽は照りつけるだろう
通り雨　この胸を濡らして　水溜まり　いくつも作っていく
いつか光が射して　それが乱反射し合って　キラキラ輝くといいのに

通り雨　この胸を濡らして　水溜まり　いくつも作っていく
いつしか夜になって　そこに星空が映って
キラキラ輝くといいのに
キラキラ輝くといいのに

あんまり覚えてないや

朝　目を覚ますと
焦茶色のフローリングに君の抜け殻が落ちていて
なのに覚えてないんだ　昨日の夜の出来事
ああ　なんてもったいない

あんなに欲しがっていた　君を丸ごと
この手は抱きしめてたはずなのに
あんまり覚えてないや　あんまり覚えてないや
あんまり覚えてないや　あんまり

夕べギターを弾いて
ウトウトしかけた瞬間に奇跡のメロディーが降ってきて
なのに覚えてないんだ　昨日の夜の魔法を
ああ　なんてもったいない

世界中を幸せにするようなメロディー
確かに口ずさんでたはずなのに
あんまり覚えてないや　あんまり覚えてないや
あんまり覚えてないや　あんまり

じいちゃんになったお父さん　ばあちゃんになったお母さん
歩くスピードはトボトボと
だけど覚えてるんだ　若かった日の二人を
あぁ　きっと忘れない

キャッチボールをしたり　海で泳いだり
アルバムにだって貼り付けてあるんだもの
ちゃんと覚えてるんだ　ちゃんと覚えてるんだ
ちゃんと覚えてるんだ　こんなに
ドライブに出かけたり　お小遣いをくれたり
たまに口喧嘩したり　すぐに仲直りしたり
ちゃんと覚えてるんだ　ちゃんと覚えてるんだ
ちゃんと覚えてるんだ　こんなに
世界中を幸せに出来はしなくたって
このメロディーをもう一度繰り返す
ラララ…

横断歩道を渡る人たち

目の前を横切ろうとするその老人の背中はひどく曲がっていて
歩く姿をじっと見ていると足が不自由であることがわかる
かばい続けてきた足のせいか　それとも
思うように動かぬ現実にへし曲げられた心が
背中まで歪めているのだろうか？

横断歩道を渡る人たち
僕は信号が変わるのを待っている
昨日の僕が　明日の僕が
今　目の前を通り過ぎていく

目の前を颯爽（さっそう）と歩くその女のスカートはひどく短くて
ついつい目が奪われてしまう　強い風でも吹かぬものかと
そんな視線に気が付いたら　きっと彼女は僕を睨みつけてくるだろう
「自分の為にしてるだけ」だと　「誰かの気を引きたいわけじゃない」と

横断歩道を渡る人たち
僕はハンドルを握り締めて見ている
昨日の僕が　明日の僕が
今　目の前を通り過ぎていく

イライラした母親はもの分かりの悪い息子の手を引っ張って
もう何個も持ってるでしょ!?と　おもちゃ屋の前で声を上げている
欲しがっているのはおもちゃじゃなく愛情で
拒んでるのも「我慢」を教えるための愛情で
人目も気にせず泣いて怒って　その親子は愛し合っているんだ

横断歩道を渡る人たち
僕はフロントガラス越しに見ている
昨日の僕が　明日の僕が
今　目の前を通り過ぎていく

ギターケースを抱え歩くその少年は仲間と楽しげに話している
好きな音楽の話か　それとも好きな女の子の話か？
そのギターで未来を変えるつもりかい？　それならいつか仲間に入れてくれ
僕だって何もかもをもの分かりよく　年老いたくはないんだ

横断歩道を渡る人たち
僕は信号が変わるのを待っている
昨日の僕が　明日の僕が
今　目の前を通り過ぎていく
昨日の僕が　明日の僕が
今　目の前を通り過ぎていく

タダダキアッテ

ディカプリオの出世作なら
さっき僕が録画しておいたから
もう少し話をしよう
眠ってしまうにはまだ早いだろう

この星を見てるのは
君と僕と　あと何人いるかな
ある人は泣いてるだろう
ある人はキスでもしてるんだろう

この世界に潜む　怒りや悲しみに
あと何度出会うだろう　それを許せるかな？
明日　もし晴れたら広い公園へ行こう
そしてブラブラ歩こう
手をつないで　犬も連れて
何も考えないで行こう

左の人　右の人
ふとした場所できっと繋がってるから
片一方を裁けないよな
僕らは連鎖する生き物だよ

子供らを被害者に　加害者にもせずに
この街で暮らすため　まず何をすべきだろう？
でももしも被害者に　加害者になったとき
出来ることと言えば
涙を流し　瞼を腫らし
祈るほかにないのか？

ただただ抱き合って
肩叩き抱き合って
手を取って抱き合って
ただただただ　ただただただ
ただ抱き合っていこう

子供らを被害者に　加害者にもせずに
この街で暮らすため　まず何をすべきだろう？
でももしも被害者に　加害者になったとき
かろうじて出来ることは
相変わらず　性懲りもなく
愛すこと以外にない

ただただ抱き合って
肩叩き抱き合って
手を取って抱き合って
ただただただ　ただただただ
ただ抱き合っていこう

戦って　戦って
誰がため戦って
戦って　誰　勝った？
誰がためだ？　誰がためだ？
誰がため戦った？

夏が終わる

―夏の日のオマージュ―

夏の終わりの少し冷えた空気が
人懐かしさを運んでくる
強い日差し　蟬の声　陽炎（かげろう）　花火　波の音　寝苦しい夜

ビーチハウスはもう取り壊され
ただの木材へと姿を変える
期待したことなど何ひとつ起きなかったな
まだあきらめてないけど

夏が終わる
ただそれだけのこと
なのに何かを失ったような気がした
普通の日々に引き戻されることが
たまらなく寂しく思えた

きれいごと並べて　理想を押し付けて
異見されると無愛想になってた
君にとって何よりも一番暑苦しかったものは
僕だったんじゃないかな

　夏が終わる
それと似たようなもの
分かったようなこと言って誤魔化した
　孤独な僕とまた向き合っていくことも
大事なステップと言い聞かせて

　夏が終わる
大好きな夏が終わる
まるで命が萎(しぼ)んでくような気がした
　普通の日々に引き戻されることが
たまらなく寂しく思えた
　孤独な僕とまた向き合っていくことが
泣きたいほど悲しく思えた

　夏が終わる

終末のコンフィデンスソング

評論家の指摘なんか気になんないくらい
インパクトこそないけど良い映画だったなあ
ちょっぴり泣いてたろう?　気が付いてたんだよ
　僕にしたって　そうよ

街中にゴシップが散撒(ばらま)かれてる
面白がって誰もがそれに火をつける
自分より劣ってる　マヌケをあぶりだし
　ホッと胸撫で下ろしてる

イライラした空気が僕の履くズボンの裾を踏んでる
立ち止まることで　その先にある危険から
逃れる手(て)段もあるだろうが
Oh No!
焔(ほのお)
蒼白き瞳の焔で
その薄暗い足元を照らし出せ　道は続いてる

すごく欲しかった物から　そうでもないモンまで
クリック　ドラッグ　R&R　何だって手に入る
さあ　油断して渡ろう　慢心して進もう
　文明の恩恵の上を

たまに不吉な夢見るんだよ　走っているのに進まない
ひょっとしたら実際に起きてることを夢の中で
知らせるメタファーかも
Oh No!
想像してたよりも速いスピード
この迫り来る敵に立ち向かう
準備はできたかい？
ドン・キホーテみたいに　さぁ

フワフワした気分で地に足が着かない
いつまでしがみついていれるかな？　この地球の上
Nowhere!?
イライラした空気が君の履くヒールの踵を蹴りつける
引き返すことで　その先にある危険から
逃れる手段もあるだろうが
Oh No!
焔
蒼白き瞳の焔で
その危なっかしい足元を照らし出せ
道は続いてる　そう続いてくんだ

批判家の指摘も間違っちゃいないけど
今僕らの目の前で起こってることを
楽観も悲観もなく　ちゃんと捕まえたら
足元に落とした視線を
上にあげ
胸を張れ！

HANABI

どれくらいの値打ちがあるだろう？　僕が今生きているこの世界に
すべてが無意味だって思える　ちょっと疲れてんのかなぁ

手に入れたものと引き換えにして　切り捨てたいくつもの輝き
いちいち憂いていれるほど　平和な世の中じゃないし

一体どんな理想を描いたらいい？　どんな希望を抱き進んだらいい？
答えようもないその問いかけは　日常に葬られてく

君がいたらなんていうかなぁ　「暗い」と茶化して笑うのかなぁ
その柔らかな笑顔に触れて　僕の憂鬱が吹き飛んだらいいのに

決して捕まえることの出来ない　花火のような光だとしたって
もう一回　もう一回
もう一回　もう一回
僕はこの手を伸ばしたい
誰も皆　悲しみを抱いてる　だけど素敵な明日を願っている
臆病風に吹かれて　波風がたった世界を
どれだけ愛することができるだろう？

考えすぎで言葉に詰まる　自分の不器用さが嫌い
でも妙に器用に立ち振舞う自分は　それ以上に嫌い

笑っていても　泣いて過ごしても平等に時は流れる
未来が僕らを呼んでる　その声は今　君にも聞こえていますか？

さよならが迎えに来ることを　最初からわかっていたとしたって
もう一回　もう一回
もう一回　もう一回
何度でも君に逢いたい　めぐり逢えたことでこんなに
世界が美しく見えるなんて
想像さえもしていない　単純だって笑うかい？
君に心からありがとうを言うよ

滞らないように　揺れて流れて
透き通ってく水のような　心であれたら

逢いたくなったときの分まで　寂しくなったときの分まで
もう一回　もう一回
もう一回　もう一回
君を強く焼き付けたい　誰も皆　問題を抱えている
だけど素敵な明日を願っている　臆病風に吹かれて
波風がたった世界を　どれだけ愛することができるだろう？
もう一回　もう一回
もう一回　もう一回

エソラ

二足歩行してる空っぽの生きもの
無意識にリズムを刻んでいる
フルボリュームのL-Rに
奏んでた夢が膨らんでく

君が話してたの　あそこのフレーズだろう？
まるで僕らのための歌のようだ
君はどんな顔して聞いてたの？
甘く切なく胸を焦がす響き

メロディーラインが放ったカラフルな魔法のフレーズ
輝きを撒き散らしては僕らに夢を見せる
明日へ羽ばたく為に　過去から這い出す為に
Oh Rock me baby tonight
ほらもっとボリュームを上げるんだ

天気予報によれば　夕方からの
降水確率は上がっている
でも雨に濡れぬ場所を探すより
星空を信じ出かけよう

雨に降られたら　乾いてた街が
滲(にじ)んできれいな光を放つ
心さえ乾いてなければ
どんな景色も宝石に変わる

やがて音楽は鳴りやむと分かっていて
それでも僕らは今日を踊り続けてる
忘れない為に　記憶から消す為に
Oh Rock me baby tonight
また新しいステップを踏むんだ

メロディーラインが描いたカラフルな希望のフレーム
輝きを撒き散らしては僕らに夢を見せる
めぐり逢う度に　サヨナラ告げる度に
Oh Rock me baby tonight
さぁ踊ろうよ　ボリュームをもっと上げるんだ

声

言葉はなかった
メロディーすらなかった
リズムなんてどうでもよかった
喉まで上がった
もやもやがあった
大声で叫びそうになった

この街にあふれてる
スピーカーから流れてる
でも君にぴったりの歌を僕は探している
――

昔は嫌いだった
なんか照れくさかった
でも誰かに好かれたかった
ファルセット出なかった

ハモるの下手だった
だけど三度下を歌いたがった

時には悲しんだり
時には喜んだり
君が鳴らす音楽にそっと寄り添っていたい
――

言葉はなかった
メロディーすらなかった
リズムなんてどうでもよかった
胸にしまってあった
もやもやがあった
たまらなく君に逢いたかった

別に巧くなくていい
声が枯れてたっていい
受け止めてくれる誰かがその声を待っている
――

少年

足音を忍ばせ　君の扉の前に立ち
中から漏れる声に耳を澄ましたら
驚かさないようにそっとノックをしなくちゃな
ねぇそこにいるんだろう？
もう入ってもいいかなぁ？
君のその内側へと　僕は手を伸ばしているよ

日焼けしたみたいに心に焼き付いて　君の姿をした跡になった
ひまわりが枯れたって　熱(ほて)りがとれなくて　まだ消えずにいるよ
瞼の内側で君を抱きしめると　心臓の鼓動が僕に襲い掛かってくる
そいつをなだめて優しく手なずけるまで
まだ時間がかかりそうなんだ

できるだけリアルに君を描写したいと思う
そのための時間を僕にくれないかなぁ？
どんな名画よりも美しく描くから
じっとしてなくてもいいんだよ
笑ってなくてもいいんだよ

ただ君のまんまでこっちを向いておくれよ

「幸せ」はいつだって　抱きしめたとたんにピントがぼやけてしまうから
そうなる少し前でしっかり見続けよう　なんて、できるのかなぁ？
僕の中の少年は無防備な笑顔で　自転車を飛ばして君に会いたいと急ぐ
甘えもわがままも　すべてをさらけ出してくれていいよ
僕がちゃんと受け止めるよ

君のその内側へと　僕は手を伸ばしているよ

日焼けしたみたいに心に焼き付いた　君の姿をした跡になった
蟬が死んでいったって　熱(ほて)りがとれなくて　まだ消えずにいるよ
僕の中の少年は汗まみれになって　自転車を飛ばして君に会いたいと急ぐ
迷いも悲しみも　すべてをぶちまけてくれたっていいよ
僕が全部受け止めるよ

旅立ちの唄

怖がらないで。
手当たり次第に灯り点けなくても
いつか　一人ぼっちの夜は明けていくよ
転んだ日は　はるか遠くに感じていた景色も
起き上がってよく見ると　なんか辿り着けそうじゃん

君の大好きだった歌　街に流れる
それは偶然が僕にくれた　さりげない贈り物

Ah　旅立ちの唄
さぁ　どこへ行こう？　また　どこかで出会えるね　Ah
とりあえず「さようなら」
自分が誰か分からなくなるとき君に語りかけるよ
でも　もし聞こえていたって返事はいらないから…

大切なものを失くして　また手に入れて
そんな繰り返しのようで　その度新しくて
「もうこれ以上　涙流したり笑いあったりできない」と言ってたって
やっぱり人恋しくて

今が大好きだって躊躇などしないで言える
そんな風に日々を刻んでいこう
どんな場所にいても

Ah　はじまりを祝い歌う最後の唄
僕は今手を振るよ　Ah
悲しみにさようなら
疲れ果てて足が止まるとき　少しだけ振り返ってよ
手の届かない場所で背中を押してるから

Ah　旅立ちの唄
さぁ　どこへ行こう？　また　どこかで出会えるね　Ah
とりあえず「さようなら」
自分が誰か忘れそうなとき
ぼんやり想い出してよ
ほら　僕の体中　笑顔の君がいるから
背中を押してるから
でも返事はいらないから

口がすべって

口がすべって君を怒らせた
でも間違ってないから謝りたくなかった
分かってる　それが悪いとこ
それが僕の悪いとこ

「ゆずれぬものが僕にもある」だなんて
だれも奪いに来ないのに鍵かけて守ってる
分かってる　本当は弱いことを
それを認められないことも

思い通りに動かない君という物体を
なだめすかして　甘い言葉かけて　持ち上げていく
もう一人の僕がその姿を見て嘆いてるんだよ
育(はぐく)んできたのは「優しさ」だけじゃないから。。。

争い続ける　血が流れている
民族をめぐる紛争を　新聞は報じてる
分かってる「難しいですね」で
片付くほど簡単じゃないことも

誰もがみんな大事なものを抱きしめてる
人それぞれの価値観　幸せ　生き方がある
「他人の気持ちになって考えろ」と言われてはきたけど
想像を超えて　心は理解しがたいもの

流れ星が消える　瞬く間に消える
今度同じチャンスがきたら
自分以外の誰かのために
願い事をしよう

口がすべって君を怒らせた
でもいつの間にやら　また笑って暮らしてる
分かったろう
僕らは許し合う力も持って産まれてるよ
ひとまず　そういうことにしておこう
それが人間の良いとこ

水上バス

買ったばかりのペダルを
息切らせて漕いでは桟橋へと向かう
深呼吸で吸い込んだ風は
少し石油の匂いがして
その大きな川に流れてた

君を待ってる　手持ち無沙汰に
ぼんやりした幸せが満ちてく
向こう岸から　ゆるいスピードで
近づいてくる水飛沫は君かな？

水上バスの中から僕を見つけて
観光客に混じって笑って手を振る
そんな透き通った景色を
僕の全部で守りたいと思った

君乗せて漕ぐペダルにカーラジオなんてないから
僕が歌ってた
そのメロディーに忍ばせて
いとしさの全部を

風に棚引かせて歌ってた

「この間偶然見つけたんだよ
新しいカフェ　きっと気に入るよ」
君と過ごす日のことをいつでも
シミュレートしてこの街で暮らしてるんだ

夕日が窓際の僕らに注ぎ
君は更に綺麗な影を身につける
君への思いが暴れだす
狂おしいほど抱きしめたいと思った

　川の流れのように
　愛は時に荒れ狂ってお互いの足をすくいはじめる
　僕が悪いんじゃない　でも君のせいじゃない
　「さよなら」を選んだ君はおそらく正しい

悲しみが満ちてく
僕は待ってる　今日も待ってる
想い出の中に心を浸して

水上バスの中から僕を見つけて
観光客に混じって笑って手を振る
そんな穏やかな景色を巻き戻すように
川の流れに沿って
ひとりペダルを漕いで

東京

東京を象徴しているロボットみたいなビルの街
目一杯　精一杯の
働く人で今日もごった返してる
信号待ち。　足を止めて誰かが口笛を吹いてる
とぎれとぎれの旋律だけど
なぜかしら　少しだけ癒されてる

描いた夢　それを追い続けたって　所詮
たどり着けるのはひとにぎりの人だけだと知ってる
「それならば何のために頑張ってる？」
とか言いながら分かってる
この街に大切な人がいる

東京は後戻りしない　老いてく者を置き去りにして
目一杯　手一杯の
目新しいモノを抱え込んでく

思い出がいっぱい詰まった景色だって　また
破壊されるから　出来るだけ執着しないようにしてる
それでも匂いと共に記憶してる

遺伝子に刻み込まれてく
この胸に大切な場所がある

バイパスに架かる歩道橋からよく見える
ベランダに咲いた彩(いろ)とりどりの花
甘い匂いがこの胸にあふれ出す
あの人に手紙でも書こうかなぁ？

描いた夢、理想を追い続けたって　多分
ものにできるのはひとにぎりの人だけど
あと少し頑張ってみようかな
それでもいつか可能性が消える日が来ても
大切な人はいる

思い出がいっぱい詰まった景色だって　また
破壊されるから　出来るだけ執着しないようにしてる
それでも匂いと共に記憶してる　遺伝子に刻み込まれてく
この街に大切な場所がある
この街に大切な人がいる

ロックンロール

空想にふけって一日が終わる
もし違う生き方を選んでいたら。。。って
奔放に生きて　指図などさせない
さすらう風に吹かれて
流れに逆らって

R&Rのイメージそのまんま
酒に女に溺れて死んでいく
わかってるよ　わかってるよ
柄も器も僕とは違っている
わかってるよ　わかってるよ
だけどたまらなく　そいつに憧れるや

結婚などしないで孤独を愛する
後先など考えない

馬鹿と呼ばれる

ロックスターも食っていくために
奔放なイメージを誇張してたりして
わかってるよ　わかってるよ
どこの世界も楽じゃないってこと
わかってるよ　わかってるよ
でも刺激と自由を心は探している

R&Rの音に溺れて
今日もヘッドフォンのボリュームを上げる
わかってるよ　わかってるよ
今の暮らしが一番似合っている
わかってるよ　わかってるよ
決して一人じゃ人は生きていけない

I LOVE YOU

羊、吠える

僕らの現状に取り立てた変化はない
いいこと「49」　嫌なこと「51」の比率
あまり多くの期待を　もう自分によせていない
ときどき褒めてくれる人に出会う　それで十分

服着た犬は鏡の前　何を思うのだろうか?
ここ2、3日は　そんなことを考えている

狼の血筋じゃないから
いっそ羊の声で吠える
「馬鹿みたい」と笑う君に気付かぬ振りしながら

僕らの信条は50/50だったよね
でもいつしか僕の愛情だけが膨らんでた

絡めた指に効力(ちから)はない　それを分かってても
自らほどく勇気もないまま過ごしている

殴られたなら　もう片一方の頬を差し出すように
潔く生きれたならどんなにか素敵だろう
誰かが開けた扉　閉まらぬそのうちに通り抜ける
こんな　いやらしい習性に頭を掻きながら
少し憎みながら

殴られたなら　もう片一方の頬を差し出すように
潔く生きれたならどんなにか素敵だろう
狼の血筋じゃないから
今日も羊の声で吠える
「馬鹿みたい」と笑う君に気付かぬ振りしながら
少し憎みながら
深く愛しながら

風と星とメビウスの輪

抱かれて　磨かれて
輝くことで　また抱かれて
君と僕が
そんなメビウスの輪の上を歩けたなら

時流（とき）の早さ　命の重さ
確かめるように　ほら一歩ずつ
疲れたら　青空に心を泳がせて
風の唄でも聴こうか
聴こうよ

時流（とき）の早さ　命の重さ
確かめるように
人の弱さ　心の脆さ
かばいあうように　また一歩ずつ

暗闇に迷うなら
心に光ってる星を頼りに進もうか

愛されて　優しくなれて
その優しさ故に愛されて
君と僕が
そんなメビウスの輪の上を笑いながら
寄り添って歩けたなら

GIFT

一番きれいな色ってなんだろう？
一番ひかってるものってなんだろう？
僕は探していた　最高のGIFTを
君が喜んだ姿をイメージしながら

『本当の自分』を見つけたいって言うけど
『生まれた意味』を知りたいって言うけど
僕の両手がそれを渡す時
ふと謎が解けるといいな　受け取ってくれるかな

長い間　君に渡したくて　強く握り締めていたから
もうグジャグジャになって　色は変わり果て
お世辞にもきれいとは言えないけど

「白か黒で答えろ」という　難題を突きつけられ
ぶち当たった壁の前で　僕らはまた迷っている　迷ってるけど
白と黒のその間に　無限の色が広がってる
君に似合う色探して　やさしい名前をつけたなら
ほら　一番きれいな色　今　君に贈るよ

地平線の先に辿り着いても　新しい地平線が広がるだけ
「もうやめにしようか？」　自分の胸に聞くと
「まだ歩き続けたい」と返事が聞こえたよ

知らぬ間に増えていった荷物も　まだなんとか背負っていけるから
君の分まで持つよ　だからそばにいてよ　それだけで心は軽くなる

果てしない旅路の果てに　『選ばれる者』とは誰？
たとえ僕じゃなくたって　それでもまた走っていく　走っていくよ
降り注ぐ日差しがあって　だからこそ日陰もあって
そのすべてが意味を持って　互いを讃えているのなら
もうどんな場所にいても　光を感じれるよ

今　君に贈るよ　気に入るかなぁ？　受け取ってよ
君とだから探せたよ　僕の方こそありがとう

一番きれいな色ってなんだろう？
一番ひかってるものってなんだろう？
僕は抱きしめる　君がくれたGIFTを
いつまでも胸の奥で
ほら　ひかってるんだよ
ひかり続けんだよ

花の匂い

　届けたい　届けたい
届くはずのない声だとしても
あなたに届けたい
「ありがとう」「さよなら」
言葉では言い尽くせないけど
この胸に溢れてる

花の匂いに導かれて
淡い木漏れ日に手を伸ばしたら
その温もりに
あなたが手を繋いでいてくれている
ような気がした

　信じたい　信じたい
人の心にあるあたたかな奇跡を信じたい

　信じたい　信じたい
誰の命もまた誰かを輝かす為の光

〝永遠のさよなら〟をしても
あなたの呼吸が私には聞こえてる
別の姿で　同じ微笑で
あなたはきっとまた会いに来てくれる

どんな悲劇に埋もれた場所にでも
幸せの種は必ず植わってる
こぼれ落ちた涙が如雨露(じょうろ)一杯になったら
その種に水を撒こう

人恋しさをメロディーにした
口笛を風が運んでいったら
遠いどこかで
あなたがその目を細めて聞いている

〝本当のさよなら〟をしても
温かい呼吸が私には聞こえてる
別の姿で　同じ愛眼差(まなざ)しで
あなたはきっとまた会いに来てくれる

I

もう　いいでしょう!?
これで終わりにしよう
ねぇ　どうでしょう!?
君だってそう思うでしょ!?

散々　好き勝手生きてきて
まだ何を欲しがってるんだい？　天国(ヘブン)かい？

こんな風に日々は続いてくのでしょう
処方された薬にすがりつく「I」
「誰も悪くないの」とか言い出すんでしょ!?
自分を責めるふりして許しを請え　Ah

イメージは
ドロップアウトした世界
さぁ　どうでしょう⁉
誰も見ないワンマンショー

泣いて傷ついたふりして
気を引いてみようかなぁ　Ah

そんな風に自分を甘やかすのでしょう
支持してくれるスポンサーに媚を売る「I」
挙句には「死にたい」とか言い出すんでしょう⁉
思いどおりいかないときの一発芸　どう？

散々　周りを振り回して
結局　何をしたいんだか自分にもさっぱり分からないんだ

こんな風に日々は続いてくのでしょう
奪いも捨てもせず命を燃やそうか
自分が一番可愛い？　ほら当たってるでしょう⁉
でもそれを責めたり誰ができるの？

擬態

ビハインドから始まった　今日も同じスコアに終わった
ディスカウントして山のように　積まれてく夢の遺灰だ

あたかもすぐ打ち解けそうに親しげな笑顔を見せて
幽霊船の彼方に明日(あした)が霞んでく

アスファルトを飛び跳ねる　トビウオに擬態して
血を流し　それでも遠く伸びて　必然を　偶然を
すべて自分のもんにできたなら　現在(いま)を越えて行けるのに。。。

相棒は真逆のセンスと真逆の趣味を持って
アリキタリなことを嫌った
なんかそれがうらやましかった

ムキになって洗った手に　こびりついてる真っ赤な血
いつか殺(あや)めた自分にうなされ目覚める

〝効きます〟と謳われたあらゆるサプリメントは
胃の中で泡(あぶく)になって消えた
デマカセを　真実を
すべて自分のもんにできたなら　もっと綺麗でいれるのに。。。

富を得た者はそうでない者より　満たされてるって思ってるの!?
障害を持つ者はそうでない者より　不自由だって誰が決めんの!?
目じゃないとこ　耳じゃないどこかを使って見聞きをしなければ
見落としてしまう　何かに擬態したものばかり

今にも手を差し出しそうに優しげな笑顔を見せて
水平線の彼方に希望は浮かんでる

アスファルトを飛び跳ねる　トビウオに擬態して
血を流し　それでも遠く伸びて　出鱈目(でたらめ)を　誠実を
すべて自分のもんにできたなら
もっと強くなれるのに。。。
現在(いま)を越えて行けるのに。。。

HOWL

ブラインドを開けるのも面倒な位にここのところ無気力だ
おぼろげに目を開くと薄暗い未来が見えるよ
真昼間、冷蔵庫を開きアルコールを胃袋へ
痺(しび)れがきそうな孤独がやがて麻痺するまで

週末は街に喧騒が　少しだけ解き放たれて
みんな束の間の自由をエンジョイしてるみたい
そうしたい

[OH FREEDOM]
そんな響きが似合うNEW LIFEが欲しいと願い
憂うばかりのマイウェイ　混沌と迷いが渦を巻く
繰り返し叩き続ける扉
開くまでどのくらい？
あとどのくらい？

プライドと格闘した日々なんて今では縁遠いが
年2、3回制御不能の怒りに震えるよ
日曜、何の用意もなくただバイクを走らすよ
頭に浮かぶ良し悪(あ)しごとを風が振り払うまで

輝いて見えたモノはガラス玉だったとある日
気付いたとしたって宝物には変わりない
違いない

みんな「フリ」して
分かってて気付かぬ「フリ」して暮らしてんじゃないの⁉
夢見なくちゃつまんねぇ　淡々と死んでいきたくはない
振り返りながらも目指す未来
少し痛いとしてもダイブ！
そしてバタフライ

[OH FREEDOM]
その響きに見合うNEW LIFEが欲しいと願い
今日も憂うマイウェイ　燦燦(さんさん)と陽が射すわけじゃない
振り出しにいつ引き返してもイイやって覚悟でいたい
夢がなくちゃつまんねぇ　悶々(もんもん)と今日を燻(くすぶ)ってたい
繰り返し叩き続ける扉
開くまでどのくらい？
あとどのくらい？

I'm talking about Lovin'

有効期限(リミット)までまだ間に合うぜ僕が手にしたone-way ticket
胸に秘めた不満も　不安も　さて置いてRide! Ride! Ride!

何が起こるのか知らせないのが天使のエチケット
君にしたって本能に翻弄されるのも悪くないんじゃない!?

Oh... I'm talking about Lovin'

君がいれば僕の周りの雑草も薔薇(ばら)色の世界
吹雪(ふぶ)きの日も暖房とレインコート
使わないで暖をとっていたい

なんとかロスタイムまで持ち込んで1対1のPK
力まないで何度もファインゴール
振りぬいてど真ん中を狙え！

Oh... I'm talking about Lovin'

君は運命の人って思ったりして
思い違いかなって迷ったりして
大きなシーソーの上で右往左往する
Friendじゃ辛いけどThe ENDになるくらいなら
慌てなくていいや。。。
また明日　また明日

Oh... I'm talking about Lovin'

君は運命の人って思ったりして
間違いないよって念を押したりして
大きなスクランブルで立ち往生する
もし縁遠くなったって未練たらしくしちゃいそうで
なんだか怖いから。。。
また明日　また明日

有効期限（リミット）までそう時間もないぜ僕の大事なone-way ticket
伝えたいのはONE WORD
ONE WORD...

Oh... I like you. I love you.

365日

聞こえてくる　流れてくる
君を巡る　抑えようのない想いがここにあんだ
耳を塞いでも鳴り響いてる

君が好き　分かっている　馬鹿げている
でもどうしようもない
目覚めた瞬間から　また夢の中
もうずっと君の夢を見てんだ

同じ気持ちでいてくれたらいいな
針の穴に通すような願いを繋いで

365日の
言葉を持たぬラブレター
とりとめなく　ただ君を書き連ねる
明かりを灯し続けよう
心の中のキャンドルに
フーっと風が吹いても消えたりしないように

例えば「自由」
例えば「夢」
盾にしてたどんなフレーズも
効力（ちから）を無くしたんだ
君が放つ稲光に魅せられて

「ひとりきりの方が気楽でいいや」
そんな臆病な言い逃れはもう終わりにしなくちゃ

砂漠の街に住んでても
君がそこにいさえすれば
きっと渇きなど忘れて暮らせる
そんなこと考えてたら
遠い空の綿菓子が
ふわっと僕らの街に　剝がれて落ちた

君に触れたい
心にキスしたい
昨日よりも深い場所で君と出逢いたい

365日の
心に綴るラブレター
情熱に身を委ねて書き連ねる
明かりを守り続けよう
君の心のキャンドルに
フーっと風が吹いても消えぬように
365日の
君に捧げる愛の詩(うた)

聞こえてくる　流れてくる
君を巡る　想いのすべてよ
どうか君に届け

ロックンロールは生きている

レボリューション　さぁ次の世界へ　いまナチュラルハイで闇を蹴っ飛ばせ
ジェネレーションなんてのは関係ないぜ　ほら裸になって　お前だけのステップ

イマジネーションも膨らまないくらいに　あまりに日常は窮屈すぎて
よだれたらして甘い飴の前で　おあずけをくらったまま放置されて
サディスティックなプレイだとしたって
もう悦楽(たの)しめないくらいにただ鞭(むち)打たれて

ライラライラ。。。

でも
ロックンロールは生きている　君のそばに
自由と希望を意味している　OH Oh oh

削り取られて　切り捨てられて　安売りされたあげく価値落として
首を傾(かし)げて　異議を唱えてもこれが現実と押さえ込まれた
天国と地獄しかない時代で　地団駄踏んで悴(かじ)かんだ手をねじ込んだ
ポケットの中握りこぶし　今日も痛み隠し

慌てないで　ほら1、2の3の　きっかけで飛ぶんだ清水の舞台
氏名住所血液型なんて　皆忘れていいんだ　君をすっとばせ

ロックンロールは生きている　君の中に
未知なる可能性を探っている　OH Oh oh

ライラライラ。。。

ロックンロールは生きている　君のそばに
ぶち壊しちまえよと叫んでいる　OH Oh oh

レボリューション　さぁ次の世界へ　いまナチュラルハイで闇を蹴っ飛ばせ
イミテーションに惑わされないで　その目を見開いて　さぁ手を伸ばせ
レボリューション　レボリューション　レボリューション　闇を蹴っ飛ばせ
エボリューション　エボリューション　エボリューション　君をすっとばせ

ライラライラ。。。

ロザリータ

あまりリアル過ぎぬように　いつの日か笑えるように
君の名は伏せるよ　匿名を使って

積み重ね合う嘘　つじつま合わせでもう
抱えきれなくなった荷物　降ろした気分はどう？

OH　曇った日の海のようにどんより　重く湿って気怠(けだる)い
君のキスが胸を離れない

ロザリータ　僕のロザリータ
さよならなんて言わないで　恋多き女
ロザリータ　僕のロザリータ

この部屋の鏡に映る退屈な男
君の部屋の鏡ならマシに見えたのに

もう全てのデータを捨てたはずなのに
どこかで君からの言葉を期待して過ごしている

　ロザリータ　僕のロザリータ
　また会いたいって囁いて　愛しているよ
　ロザリータ　僕のロザリータ

甘い言葉　完璧な微笑み　そばかす　唇　下品に濡れる果実

OH　曇った日の海のようにどんより　暖かくて凍えそうな
君の肉体　胸を離れない

　ロザリータ　僕のロザリータ
　さよならなんて言わないで　恋多き女
　ロザリータ　僕のロザリータ
　また会いたいって囁いて　愛しているよ
　ロザリータ　僕のロザリータ

あまりリアル過ぎぬように　いつの日か笑えるように
君の名は伏せるよ　匿名を使って
君を歌う　ロザリータ

蒼

自分では精一杯してるつもり
でも動かないものばかりで
揺らめく陽炎（かげろう）に憧れ　目で追う
触れないと知っていても

その人なりが果たすべき使命に
ただひたむきであれと諭すのに

静かに　静かに　夢はさくれ
届かぬ　祈りに　胸が暴れる
ただただ自分の身の丈を知らされ

わずかばかりの譲れぬ誇りに
ただ正直であれと願うのに

静かに　密かに　　噓を重ね
淀んだ　時流(なが)れに　自由を奪われ
ただただ自分の身の丈を知らされ
それでも心は　手を伸ばし続ける

fanfare

悔やんだって後の祭り　もう昨日に手を振ろう
さぁ　旅立ちのときは今　重たく沈んだ碇(いかり)を上げ

congratulations!　今胸に高鳴るファンファーレ！
もう色彩階調(gradation)は無限で脳に紙吹雪よ舞え！

覚悟なき者は去れ　あてどない流浪の旅　Nobody knows　航海の末路

例えて言うとすれば　僕はパントマイムダンサーです
見えもしねえもんを摑んで天にも昇った気になって

やがて風船が割れ　独り悲しい目覚め
そんな日でも　懲りずに「ヨウソロ」を。。。

ちょっと待ってと言われたって　どっち行くんだと問われたって
「答えはいつも風の中」にあるんですって　いつの間にか大人になって
うっかりして真面(まとも)になって　失った宝物を探しに行こう！

吹き荒れるよ　今日も見通しの悪い海原で
みんな悪戦苦闘してるんだ　独りじゃないぞ　頑張れ！

歓喜の裏側で　誰かが泣く運命（さだめ）　それが僕でも　後悔はしないよ

「僕はボクさ」と主張をしたって　僕もボクをよく知らなくて
ぐるぐる自分のしっぽを追いかけ回して　ひょっとしたらあなたの瞳に
いつか出会った本当の僕が　迷い込んでやしないかなぁ？　って探してみる

まるで袋のネズミ　　自分で自分を追い込んでた
さぁ　旅立ちのときは今　　重たく沈んだ碇を上げ
悔やんだって後の祭り　　もう昨日に手を振ろう
さぁ　旅立ちのときは今　風をよんでデカい帆をはれ！

ちょっと待ってと言われたって　どっち行くんだと問われたって
「答えはいつも風の中」にあるんでしたっけ⁉　きっと今日もあなたの瞳で
僕も知らない新しい僕は　ぐるぐる旅をしてる　いつか誰もが大人になって
ちゃっかりした大人になって　失った宝物を探しに行こう！

ハル

UFOに似た星　物憂げな夜を流れていった
またひとつ　またひとつ　しばらく時間が止まった

カーテンが揺れてる
背負い込んだものが少し宙に浮かんだ
誰のために生きているのかなんて考える気もしなくなる
思い惑う胸をくすぐるように風が流れていく

信号機は誰もいない道にも合図をくれる
愛想などない　でも律儀で
誰かに似てる気がした

春の風に
世界は素晴らしいなって少し思えた
それを知らせるサインだったんじゃないかって考えたりもしてる

行き詰ってた日々に束の間のご褒美をくれる

　遠い街まで見渡せそうな場所に登ったら
　イメージの翼でこの空を
　大空を飛んでく

帰っていく星　明け方の空に姿隠した
少しずつ　少しずつ　夢が覚めていくみたいに

春の風に
世界は素晴らしいなって少し思えた
旅路の果てに何があるのかなんて　もうどうなったっていい
優しく頰を撫でるように風が流れていく
緩やかに解かれていく

Prelude

Hey you　日が暮れる　今日はどんな一日だった？
全部が思い通りにいくはずないって　知ってて聞いてんだ

明日はどこに行こう？　ねぇmy friend. where do we go?
七色の光を放ってた夢が　しぼんじゃったとしても顔を上げな

前奏曲が聞こえてくる　さぁ　耳を澄ませてごらん
停留場で僕は待ってる　君も一緒に乗らないか？

胸の高鳴りにその身をゆだねよう　燻りをわだかまりを捨てに行こう
深く考えないことが切符代わりだ

首を縦に振る　ただそれだけで昨日が過ぎてしまった
そんな自分を嫌にならない為の言い訳を
自分に繰り返しやり過ごしているのなら

夢幻を振りまいて　今その列車は走り出す
汽笛を轟かせて　躯体を震わせて　光の射す方へ
悩んでたことなんて　今はとりあえず棚の上へ
要らないぜ　荷物なんて　何も持たないで飛び乗れ！

Hey you　その昔は英雄になれると勘違いしてた
テーブルでスタンバってたって何も運ばれちゃこないのに

そこで何してるの？　ねぇ my friend. what's going on?
探し物は見つかったの？　それともニセモノをつかまされて泣き寝入りかい？

信じていれば夢は叶うだなんて口が裂けても言えない
だけど信じてなければ成し得ないことが
きっと何処かで僕らの訪れを待っている

悲しみを追い越して　なおもその列車は走ってく
暗闇を切り裂いて　風をおこして　目指してたその向こうへ
良識やモラルなんて　今はとりあえず棚の上へ
要らないぜ　客観視なんて　息絶えるまで止まらないで！

長いこと続いてた自分探しの旅も　この辺で終わりにしようか
明日こそ　誰かに必要とされる　自分を見つけたい

Hey you　日が暮れる　明日はどんな一日にしようか？
前奏曲(プレリュード)が聞こえてる　さぁ　耳を澄ませてごらん

憧れを連れ回して　今日もその列車は走ってる
汽笛を轟かせて　躯体を震わせて　光の射す方へ
悩んでたことなんて　今はとりあえず棚の上へ
要らないぜ　荷物なんて　何も手にしないで飛び回れ！

Forever

ひんやりとした空気が今
この胸を通り過ぎた
どんより僕はソファーの上
アザラシと化してグダグダ

自暴自棄になるほど　分別をなくしちゃいないけど

Forever
そんな甘いフレーズに少し酔ってたんだよ
もういいや　もういいや
付け足しても　取り消すと言っても
もう受付けないんなら

なんだか僕ら似通ってんだ
ちょっぴりそんな気がした

本当はお互い頑張ってた
近づきたくて真似た

きっと嘘なんてない　だけど正直でもないんだろう

ともすれば　ともすれば
人は自分をどうにだって変えていけんだよ
そういえば　そういえば
「君の好きな僕」を演じるのは
もう演技じゃないから

どうすれば　どうすれば
君のいない景色を当たり前と思えんだろう

Forever
そんな甘いフレーズをまだ信じていたいんだよ
そう言えば　今思えば
僕らの周りにいくつもの愛がいつもあったよ

Forever

hypnosis

揺れ動く想いが風に吹かれて
群青(ぐんじょう)色の夕闇に溶け
迷いを消してくれるなら

すべてが思い通りにならぬことくらいは
知っているつもり　でもすんなり
受け入れられもしないから

不安に追いつかれないよう
願いを今、遠くへ遠くへと

今日も見果てぬ夢が　僕をまた弄(もてあそ)んで
暗いトンネルの向こうに光をチラつかす
叶うならこのまま　夢のまんま
もう現実から見捨てられても　構わないさ

自分に潜んでた狂気が首をもたげて
牙を剝き出し　遠吠えをあげる
もう手懐(てなず)けられはしないだろう

国道に弓張り月
消えそうな細く尊い煌(きらめ)き

オブラートに包んで
何度も飲み込んだ悔しさが
今歯軋(はぎし)りをしながら僕を突き動かす
新しい何かに出会えるかな
今終わらぬ夢のその先に
僕は手を伸ばす

今日も見果てぬ夢が　僕をまた弄んで
深い深海に沈んだ希望をチラつかす
叶うならこのまま　夢のまんま
もう現実に引き返せなくたっていい
いつか新しい自分にまた出会えるまで
そうさ終わらぬ夢のその先に
僕は手を伸ばす

Marshmallow day

レーシングカーのエンジンみたいな
唸(うな)りを　高鳴りを　胸が上げ
中心に向かって突き上げるよ
You're beautiful　It's marshmallow day

まるで３Ｄ映画
ハリウッドから飛び出したような Smile
次第に惹き込まれて　自分を見失うよ

チューインガムの味のように
消えてなくなったりしないでよ
甘い想いが膨らみだしてる
注意深く　そして狂おしく
君の感触を噛み締めよう
everything is a taste of you

もっと他にすべきことがあると
分かってても手に付かない
高台の鐘が鳴り響くように　You're beautiful

こだましてる

何ひとつの不自由もなく　最近過ごしてたのに
今や君のいない世界を　想像して怯えるよ

睡眠不足が続く日でも
君に逢えるのなら飛んでく
その瞬間を待ち焦がれてる
チューニングを君に合わせて
同じ歌を口ずさもう
everyday I sing for you

柔らかな体温に触れる時　心は天空を飛んでる
Ah このまま死んでしまえるなら　それが良い
君の吐息　甘い雰囲気に埋もれて

チューインガムの味のように
消えてなくなったりしないでよ
甘い想いは　まだ膨らんでる
注意深く　そして優しく
君の感触を噛み締めよう
everything is a taste of you

チューニングは君に合わすよ
幸せな歌を歌っていこう
everyday, I sing for ...
everything is a taste of ...
everyday, marshmallow day

End of the day

目指したものが　自分とはあまりにかけ離れてて
どうせあそこには　届くはずがないんだって吠える
「なんとかなるさ」「ケ・セラ・セラ」「It's gonna be alright」
そんなフレーズさえも　とんだ戯言(たわごと)に思える

End of the day　昨日と変わらぬ1日が
End of the day　また過ぎる

いつか　いつの日か　そう言ってやり過ごして
気が付きゃロスタイム　で、慌てるから乞食は貰い損ねる
甘えて過ごした　子供の頃と根底は同じ
今日も一からの　いやマイナスからのスタートを切る

End of the day　少しも前に進んでない
End of the day　また同じミス

Oh No!　Oh Yes!　あと一歩のとこまで　きっと来てる
そうやって言い聞かせて　もっと　もっと
輝ける日は来る　きっと来る
もう少し　そう信じて

競争しながら　人は切磋琢磨していくんですか？
その理想論が　また人の上に人をつくる
なんてデカイ話にすり替えて　何かを否定しなくちゃ
もう可哀想なくらいに　自分がちっちゃく思える

End of the day　どのくらいの価値があるんだろう？
End of the day　今の自分に

Oh No!　Oh Yes!　本当はもう摑んでて　届いてて
気付いてないだけ　もっと　もっと
羽ばたける日は来る　きっと来る
あと少しそう信じて

Oh No!　Oh Yes!　あと一歩のとこまで　きっと来てる
そうやって言い聞かせて　もっと　もっと
輝ける日は来る　きっと来る
もう少し　そう信じて
Oh No!　Oh Yes!　本当はもう摑んでて　届いてて
気付いてないだけ　もっと　もっと
羽ばたける日は来る　きっと来る
とりあえずそう信じて　あと少し　そう信じて

無くしたものと手にしたものを秤（はかり）にかければ
きっと圧倒的に前者に傾くと知ってる
でも明日は来るさ　寒い夜にだって終わりは来るさ
太陽は昇り
どんな人の上にもまた新しい　暖かな光

常套句

君が思うよりも
僕は不安で寂しくて
今日も明日も　ただ精一杯
この想いにしがみ付く

君に会いたい　君に会いたい
何していますか　気分はどう
君に会いたい　君に会いたい
愛しています　君はどう

「君が思うよりも
君はもっと美しくて…」
そう言うと決まって　少し膨れるけど
からかってなどいないよ

君に会いたい　君に会いたい
何していたって　君を想う
君に会いたい　君に会いたい
愛しています

今日も　嬉しさと　悲しみの間を揺れている
狂おしいほど

君に会いたい　君に会いたい
何していますか　気分はどう
君に会いたい　君に会いたい
愛しています　君はどう

君に会いたい　君に会いたい
愛しています

pieces

ずっと笑って過ごしてたいのに
真っ直ぐな想いを抱きしめたいのに
だけど口を突いて出るのは
「もう　こんなはずじゃなかったな…」

強く早く駆け抜けるほど
向かい風もきつくなるんだな
右へ左へ煽（あお）られてバランスを崩しながら
僕等　ここにいる

軌道を逸れて
放り出された夢が　夢が萎んでく
どこかに不時着しようか　って頭をかすめる
粉々になったら　匂いに紛れて
君の元へ飛んでくから
そのときは思い切り　吸い込んでよ

僕等はひとつ
でも　ひとつひとつ
きっとすべてを分かち合えはしない

互いが流す涙に気付かずにすれ違って
今日も　ここにいる

失くしたピースは見つからないけど
それでもパズルを続けよう
全部埋まらないのは　わかってる　それでいい
その空白はね
これから僕等が夢を描くための余白
いつか描いたやつより　本物にしよう

失くしたピースで空いてるスペースは
何かの模様にも思える
まるで僕等が残した　足跡みたいだな
そのふぞろいの一歩が
今日まで僕等が共に夢を追った軌跡
また　次の一歩を踏み出してみよう

軌道を逸れて
放り出された夢が　夢が萎んでく
このまま消えそうだなんて　頭をかすめる
でも　消えてなくなっても　なくなりはしないだろう
君と共に生きた奇跡
さぁ　次の余白に続きを描こう

いつか描いたやつより　本物にしよう

イミテーションの木

導火線の火が
シュって音を立てて砂浜を這う
その細く強い光
一瞬、静寂がふっと夜を包んで
浮かび上がる　あの娘（こ）の横顔

風に乗って響いてく音　火薬の匂い
打ち上げられた花火に夢を重ね見上げていた

深く沈めた記憶
向こう岸に捨てた憧れ
青臭い恋のうた

時間は残酷
もう魔法は解けてしまった
過去ばかりが綺麗に見える
現在（いま）がまた散らかっていく

リニューアルしたビルの中
イミテーションの木が茂る

その永遠の緑をボーっと見ていた

世界中に起こってる悲劇と比べたら
僕の抱えたモヤモヤなど
戯言(たわごと)だってよく知っている

イミテーションの木の下を
少年が飛び跳ねている
それを見た誰かの顔がほころぶ
情熱も夢も持たない張りぼての命だとしても
こんなふうに誰かをそっと癒せるなら

導火線が今
シュって音を立てて　胸に点(とも)る
この確かな強い光

無機質なそのビルの中
イミテーションの木は茂る
なにかの役割を持ってそこにある
イミテーションの
イミテーションの
張りぼての命でも人を癒せるなら
本物じゃなくても君を癒せるなら

かぞえうた

かぞえうた
さぁ　なにをかぞえよう
なにもない　くらいやみから
ひとつふたつ
もうひとつと　かぞえて
こころがさがしあてたのは
あなたのうた

たとえるなら
ねぇ　なんにたとえよう
こえもないかなしみなら
ひとつふたつ
もうひとつと　わすれて
また　ふりだしからはじめる
きぼうのうた

わらえるかい
きっと　わらえるよ
べつにむりなんかしなくても

ひとりふたり
もうひとりと　つられて
いつか　いっしょにうたいたいな
えがおのうた

僕らは思っていた以上に
脆くて　小さくて　弱い
でも風に揺れる稲穂のように
柔らかく　たくましく　強い
そう信じて

かぞえうた
さぁ　なにをかぞえよう
こごえそうな　くらいうみから
ひとつふたつ
もうひとつと　かぞえて
あなたがさがしあてたのは
きぼうのうた
ひとつふたつ
もうひとつと　ゆれてる
ともしびににた
きえない　きぼうのうた

インマイタウン

年末に目眩がして　立ち止まる人波
フワフワした足取りで踏む水溜まり
Do you know my mind?
Do you know my mind?
彷徨える　my life

ぶつかっても謝んない　この町のしきたり
比較的　平常心でやり過ごせてる
このまま　このまま
流されて　my town

処が変われば　己も変われる
戯けた姿も生きる道
瞳を閉じれば　自由は広がる
虹の橋　渡ろう

友人は嫌気がしたとtwitterに書き込み
フロリダを旅してみたいと言う

Do you know my mind?
Do you know my mind?
流されて　my town

リズムに合わせて　どこでも踊れる
ほどけた靴ひもでも踊る
両耳塞げば　未来は広がる
大きな夢　描こう

子供らは　有り余った無邪気さで雄叫び
グラウンドへと飛び出していく

さよなら　さよなら
また会う日まで
このまま　このまま
今年も終わるよ
Do you know my mind?
Do you know my mind?
流されて　彷徨う　in my town

過去と未来と交信する男

わかっています　皆が私を見る懐疑的な目
『虚言癖のある怪しい奴』とのレッテル

お金など頂きません　でも私を信じれることが
唯一必要になる条件

差し出すその手を握りしめたら
ゆっくり目を瞑(つむ)って深く息を吸う

悲しい過去が見えます　傷付き疲れたあなたが
暗い道の上で立ち止まってる　でも心配はいらない
私にはわかります　それ以上を聞きたいなら　また来週

すべてを知らない方が　きっとあなたの為
「それでも…」って覚悟ならば話そう

大きな何かに守られています　お気付きですか？
あなたは幸運な御人(おひと)

とても愛してくれた　その人に心当たりがあるんではないですか？

思い出せる？　そして今もあなたを優しく導いてる
耳を澄ませばあなたにも聞こえるはずです

今日の依頼人は誰？　どんな迷いを抱えた人？
半年先まで予約はいっぱいだ

見たくも　知りたくも　なくたって見える
そして今日も　目を瞑って深く息を吸う

安らいだ未来が見えます
暖かなひだまりの中にあるベンチにあなたは座っている
だから心配はいらない
慌てずに行きなさい　あなたが今歩くこの道を
とても愛してくれる誰かがあなたを待っている
それが今の私に言えるすべて

わかっています　皆が私を見る懐疑的な目
そう私こそ過去と未来が見える
この運命を少し呪う男

Happy Song

少しだけ仕事をほっぽって
もうどっか遠くに行こう
軽井沢　ハワイ　いや　エベレスト
世界中をひとしきり空想

Wow... Oh Wow　自分にエールを！
Wow... Oh Wow　悩んでたって始まりゃしねえぞ

目紛るしく変わっていく世界に
ちょっと足がすくんでしまいそうな近頃
まるで　前へ倣えの　右へ倣えの
優等生モード
でも I believe
相も変わらずに
いつだってこの胸に流れる
悲しいほどにハイテンションな
Happy Song を歌おうよ

通りすがりの人が
憐憫の表情を浮かべるも
両手に掴んだポップコーンを頬張って

明日へ駆けて行こう

Wow... Oh Wow　君にエールを！
Wow... Oh Wow　立ち止まってないで先に進もう

もう　のんびりと生きていきたいなんて
ちょっと口にしてみたりする近頃
まるで　吠えない犬　羽のない鳥
ちゃんと放送コード
でも I believe
ずっと忘られずに
今日だってこの胸に流れる
寂しい昨日と手を繋いで
Happy Song を歌おうよ

どういう未来が待っていようとも
向こうの景色を僕は見に行かなくちゃ
きっとウンザリしたり凹んだり
新たな敵が道を塞いでても
さぁ！

目紛るしく変わっていく世界に
ちょっと足がすくんでしまいそうな近頃
まるで　前へ倣えの　右へ倣えの
優等生モード
でも I believe
相も変わらずに
いつだってこの胸に流れる
悲しいほどに脳天気な
Happy Song を歌おうよ

寂しい昨日と手を繋いで
Happy Song を歌おうよ

祈り ─ 涙の軌道

悴(かじか)んだ君の手を握り締めると
「このまま時間(とき)が止まれば…」って思う
覗き込むような目が嘘を探してる
馬鹿だな　何も出てきやしないと笑って答える

遠い未来を夢見たり　憂いたり
今日も頭の中で行ったり来たり
触らないで　なるだけ手を加えぬように
心の軌道を見届けたい

さようなら　さようなら　さようなら
夢に泥を塗りつける自分の醜さに
無防備な夢想家だって
誰かが　揶揄(やゆ)しても
揺るがぬ想いを　願いを　持ち続けたい

見慣れた場所が違う顔して見えるのも
本当は僕の目線が変わってきたから
「純粋」や「素直」って言葉に
悪意を感じてしまうのは

きっと僕に　もう邪気があるんだね

忘れようとして　でも思い起こしたり
いくつになっても皆　似たり寄ったり
失くしたくないものが　ひとつまたひとつ
心の軌道に色を添えて

迷ったら　その胸の河口から
　聞こえてくる流れに耳を澄ませばいい
　ざわめいた　きらめいた　透き通る流れに
　笹舟のような　祈りを　浮かべればいい

君が泣いて笑って
その度心を揺らす
もっと強くありたいって想いで
胸は震えている

忘れないで　君に宿った光
いつまでも消えぬように　見守りたい

さようなら　さようなら　さようなら
　憧れを踏みつける自分の弱さに
　悲しみが　寂しさが　時々こぼれても
　涙の軌道は綺麗な川に変わる
　そこに
　笹舟のような　祈りを　浮かべればいい

fantasy

隣の人に気づかれぬように僕らだけの言葉で話そう
知られちゃマズい　たいそうな話は特にないけれど

ゴミ箱に投げ捨てたファンタジーをもう一度拾い上げたら
各駅電車をジェットコースターにトランスフォームして
［不可能］のない旅へ

「誰もが孤独じゃなく　誰もが不幸じゃなく
誰もが今もより良く進化してる」
たとえばそんな願いを　自信を　皮肉を
道連れに　さぁ旅立とう

想像を超えた猟奇殺人さえ今や日常　ドキュメンタリー
いちいち心動かないよ　免疫ができ右から左

「事件(こと)の裏側」すら簡単に閲覧(のぞ)けてわかった気になる
でも本当は自分のことさえ把握しきれない　なのに何が解ろう？

「出来ないことはない」「どこへだって行ける」
「つまずいてもまた立ち上がれる」
いわゆるそんな希望を　勘違いを　嘘を
ＩＤカードに記して行こう

昨夜(ゆうべ)見た夢の中の僕は兵士
敵に囲まれてた
だから仕方なく７人の敵と吠える犬を撃ち殺して逃げた

「僕らは愛し合い　幸せを分かち合い
歪(いびつ)で大きな隔たりも越えて行ける」
たとえばそんな願いを　誓いを　皮肉を
道連れに　さぁ旅立とう
日常の中のファンタジーへと

FIGHT CLUB

99年　ミレニアムを間近にしてナチュラルハイ
世界中が浮足立ってた
そしてお前は　「ファイト・クラブ」でブラピが熱演してた
イカレた野郎に憧れてた

皮肉で染まった色眼鏡(いろめがね)かけて
そこからすべてのものを見下し

―

仮想敵見つけ　そいつと戦ってた
誰も相手になんかしてないのに
たとえ敵でも　嫌いな奴でも
ひとりより　まだマシだった
孤独がいちばんの敵だった

戻らないぜ　帰れないぜ　あのバカらしい日々に

後ろ髪を引かれてみても

「わかってない奴らばっか」と　嘆いては
自分は特別だって言い聞かせた

―

駐車違反のジャガーのボンネットにジャンプして踊ってた
荒っぽいステップで
まるで路地裏のヒーローを気取って
惨めな気分を踏み潰してた

サイレンの音…　走って逃げた夜

やがて酔いが回り
口にしたすべてを吐き散らかし高笑い
「若かった」で片付けたくないくらい
この胸の中でキラキラ　輝いてる大事な宝物

―

真の敵見つけ　そいつと戦わなくちゃ
少しずつ怖いもんは増えるけど
死を覚悟するほど　まして殺されるほど
俺たちはもう特別じゃない

共に今を生き抜こうか　my friend

斜陽

「夏が終わる」　その気配を
陽射しの弱さで無意識が悟るような
時の流れ　音をたてぬ速さで
様々なものに翳(かげ)りを与えてゆく

心の中にある　青い蒼い空
今尚　雲一つなく澄み渡る
陽気な声がそこには響いてて
青空の下　人は集(つど)い笑ってる

ビルの影が東に伸びて
家路を辿る人の背中が増えてく
その営み　それぞれの役割を

果たしながら　背負いながら歩いていく

憂いをおびたオレンジ色の空
眩しさは消えてもまだ温かい
懐かしい歌をふと口ずさめば
愛しき人の面影がふと浮かび上がる

心の中にある　青い蒼い空
今尚　雲一つなく澄み渡る
その眩しさに　また目を細めて
今日も僕は大空に手を伸ばしてみる

Melody

訳もなくて　なんだか妙に　心が弾む夜だ
通り過ぎる風に鼻歌がついて出る
夢のように　映画のように　いかないと知りながら
恋の予感にも似た心踊るメロディー

きっとこんな風にすべてが素敵に響けば
僕らの明日(あす)は透き通ってくのに

見飽きたこの街が　クリスマスみたいに光る
そんな瞬間　今日も僕は探してる
苛立ちの毎日　行き詰まった暮らしを
洗うような煌めくハーモニー

頼りなくて　人恋しくて　心切ない夜は
時間なんて早く進んでしまえばいいのに

きっと同じように夜空を見上げてる人が
どこかの町にきっといるはず

突然の夕立に　木々が濡れて光る
そんな瞬間　運命を受け入れる
無駄なものは何も　無意味なものは何も
ありはしないと素直に思えてくる

もしも違う景色見てても　同じこの地球（ほし）の上
必ずどこかで繋がっているはず

見飽きたこの街が　クリスマスみたいに光る
そんな瞬間　今日も僕は探してる
涙を微笑みに　悲しみを喜びに
塗り替える　そんなメロディー
苛立ちの毎日　行き詰まった暮らしを
バラ色に染めてくハーモニー

蜘蛛の糸

心は今　あらゆる可能性を網羅して
君へと向かう　か細い糸を選んだ
それは蜘蛛(くも)の巣　或いは罠(わな)に誘う澄んだ糸
体中に纏(まと)い死んだとしても本望

荒れ茂る木々の暗がりで
夜露の滴(しずく)に濡れて煌めく
その美しき糸を
指で触れるよ

この想いを闇雲に振りほどこうとして
でも出来なくて余計にきつく絡まるだけ

恋の終わりの虚しさを
君だって知っているだろうさ

それなのに物怖じしない強さに惹かれてくよ

退屈な日々の暗がりで
月光に照らされ揺れる　踊るように
その怪しい光に
目がくらむよ

君という無二の糸を
引き寄せるよ

I Can Make It

明け方　非現実的な夢をバスタブに浮かべてみる
身体は疲れてるのに目は冴える
やるべきことは沢山

「追いかけてるはずが追われてる」
ここんとこは　そんな日々だ
「やれる」とは言ってみたけど確信はない
いやむしろ自信は揺らいでる

プレッシャーの前に引っ込めるアイデア
後悔だけを生んで
日の目を見ないままのこの願い
ため息に溶け　飛んでいけ

全編を通し暗いタッチで描かれた
モノクロの映画を観た
悲劇の主人公と自分重ねて
仲間が増えた気がした

いつか自分さえ知らない自分に
驚きを感じたい
日の目を見ないままのこの誓い
I Can Make It, I Can Make It

不可能を可能にするスキルを
泣く子も黙る自信と貫禄を
醜いアヒルが白鳥に変わる逆転劇起こせれば…

「ダメ」だと思った時なんて数知れず
でもまだ早いさ　諦めたくない　何もやっていやしない

締め切りを前に取り下げるアイデア
後悔ばかりが増える
日の目を見ないままのこの願い
ため息に溶け　飛んでいけ
そしていつか自分の存在を証明して
I Can Make It, Make It, Make It

いつかは非現実的な夢も
叶うと信じ
I Can Make It

ROLLIN' ROLLING

―一見は百聞に如かず

いいかい　そこの御主人
耳をかっ穿(ぽじ)って　よく聞いてってくれ
いいかい　そこのお嬢さん
足を止めて聞いてくれる　あんたは有能

とある町に
真面目でたいそう働きもんの家族想い
いわゆる優男(やさおとこ)がいたらしいぜ
そいつは　朝から晩までわき目も振らずよく働いたんだ

でも
親友に寝取られ　女房に出ていかれ
そして今じゃ通院しているそうだ

いいかい　そこの御両人
よくある話さ　まぁ聞いてってくれ
いいかい　そこの若(わけ)ぇの
一見は百聞に如(し)かず　なぁ聞いてってくれっつうの

とある町に

「神童」の名を欲しいままにした
綺麗な声で歌う少年がいたらしいぜ
聞いた人は皆　感動の涙と喝采をその子に送ってたんだ

でも
13になる前の日　変声期にぶつかり
そして　今じゃ普通の人だそうだ

いいかい　そこの御両人
人生の不条理っていうのを良く知ってるよね？
いいかい　そこの御夫人
一見は百聞に如かず　さぁ聞いてってくれ

酸いも甘いも知り尽くしてきたつもりだけれど
かくもほろ苦く
人生はなぜ　私たちに試練を与えてくださるのか？
神の御心は計り知れない…

いいかい　そこの若ぇの
援護射撃するぞ　　さぁ駆け抜けろ
そうだ　ROLLIN' ROLLING!!
栄光を手にしよう　　さぁ駆け抜けろ
いいかい　そこの若ぇの
百聞は一見に如かず　お前の目で見ろ!!

放たれる

閉じ込められてた気持ちが
今静かに放たれていく
重たく冷たい扉を開けて
微かな光を感じる

あきらめかけたいくつかの
夢　希望　憧れ　幸せ
朝顔が空に伸びるみたいに
その光をたぐり寄せる

右へ左へ　迷いながら
その度に蔓（つる）を巻き
陽のあたる場所に登りたい
あなたもそこに来て

もう一度その温もりに
その優しさに包まれて生きたい
払い落としても　消えない愛が
ひとつあるの
それで強くいられる

あるときはもっと滅茶苦茶に
自分を傷つけたい衝動にかられてしまう

誰のせいにも出来ない不運を目の前に

だけどたった今　分かったのは
誰もが「生きる奇跡」
産まれてきた　ただそれだけで
愛されてる証

カラタチの木の棘(とげ)のように
あらゆるものに尖り自分を守った
でも今は恐れることは何もないと
つよがりじゃなく思える

遥か遠い記憶の中で
あなたは手を広げ
抱きしめてくれた
まるで大きなものに守られている
そんな安らぎを感じる
今でも

もう二度とその温もりに
その優しさに触れないとしても
いつまでも消えない愛が
ひとつあるの
それで強くなれる
だからもう恐れることは何もないの
心は空に
今そっと放たれる

街の風景

その女性(ひと)は今足早に歩き始める　いつもとおんなじ通りを
なのに　どこか新しい自分を感じて

昨日職場で言われた何気ない言葉　だけどちょっぴり優しくて
ひとりぼっちじゃないこと噛み締めてた

このまま　柔らかい気持ちが　このまま　胸に溢れてきたら
迷いや疑いややっかみは　口元を緩めるかな？

できるなら　汚れない心で　できるなら　嘘のない言葉で
自分や他人やこの世の中と　ちゃんと向き合っていきたい

ラララララララって笑って…　ラララララララって歌って…

そんなこと　考えて歩く昼下がり

あの作家(ひと)は今原稿とにらめっこしてる
やっとのこと書き上げた物語が　ひどく退屈に感じて
なんの気無しにペンを走らせて書いた　若かりし日の作品が
恨めしいほど自分を型にはめてく

このまま　時間だけが過ぎて　このまま　自分を越えられずに
自信やアイデアや情熱は　痩せ細っていくのだろう

できるなら　何もとらわれずに　できるなら　何もこだわらずに
笑いや涙や大きな希望を　見事に描きあげたい

ララララララって笑って…　ララララララって歌って…

そんなこと　考えタバコに火をつける

そして僕は今君の帰りを待っている　昨日途中で終わらせた
話し合いの続きが僕らにはある

昨夜深くまで険悪な雰囲気のまま　2つの主張は平行線
もう熱はなく　フリーズして動かない

このまま　甘い幻想は醒めて　このまま　現実に飲み込まれて
若さや不器用や正直は　次第に鼻についてくるだろう

できるなら　おおらかな愛で　できるなら　優しい眼差しで
やっと見付けた愛すべき人の　手を取ってずっと生きていたい

ララララララって笑って…　ララララララって歌って…

そんなこと　考えて今君を待ってる

ララララララって笑って…　ララララララって歌って…

そんな日々が
ずっと続いていくなら

運命

招かざる客で当面　構いはしないけど
いつの日か君のベートーベン「運命」奏でよう

僕が導くこの道の先には虹が架かっているよ
疑うんなら付いて来てごらん　手を取って

惚れた腫れたの恋愛をバカにしてたのです
浅はかで欲深いと鼻で笑ってた

ミイラ取りはただいま満を持してミイラになりました
頭の中はメリーゴーランド　キラキラしてる

どこからともなく湧いて出る
途切れることない君への想い
めぐりめぐり　そして揺り揺られ

不可思議なこの気持ちを
人々は恋と呼びます

君が涙を流すのを遠くで見てた
なんせ君はまだ僕の恋人じゃない

そんな時の為に洗いたてのハンカチを持ち歩くよ
さりげなく差し出す用意して待つよ

予報にないのに降り注ぐ
スコールのような君への想い
時には自分を戒める
いやらしい妄想をして
自分を慰めたあとで

乗ってる車こそ違っても
僕らは同じ道を走っている
めぐりめぐり　そして揺り揺られ
不可思議なこの恋はもしや運命？
絶対運命そう思います

足音
–Be Strong

新しい靴を履いた日は　それだけで世界が違って見えた
昨日までと違った自分の足音が　どこか嬉しくて
あてもなく隣の町まで　何も考えずしばらく歩いて
「こんなことも最近はしてなかったな…」って　ぼんやり思った

舗装された道を選んで歩いていくだけ　そんな日々
だけど　もうやめたいんだ
　今日はそんな気がしてる

夢見てた未来は　それほど離れちゃいない
また一歩　次の一歩　足音を踏み鳴らせ！
時には灯りのない　寂しい夜が来たって
この足音を聞いてる　誰かがきっといる
疲れて歩けないんなら　立ち止まってしがみついていれば

地球は回っていって　きっといい方向へ　僕らを運んでくれる

どんな人にだって心折れそうな日はある
「もうダメだ」って思えてきても大丈夫
　もっと強くなっていける

今という時代は　言うほど悪くはない
また一歩　次の一歩　靴紐を結び直して
喜びを分かち合い　弱さを補い合い
大切な誰かと歩いていけるなら

　もう怖がんないで　怯（ひる）まないで　失敗なんかしたっていい
　拒まないで　歪めないで　巻き起こってる
　すべてのことを真っ直ぐに受け止めたい

夢見てた未来は　それほど離れちゃいない
また一歩　次の一歩　足音を踏み鳴らせ！
例えば雨雲が　目の前を覆ったって
また日差しを探して歩き出そう
時には灯りのない　孤独な夜が来たって

この足音を聞いてる　誰かがきっといる

忘れ得ぬ人

どうしたら説明つくだろう？
君に　そして自分自身に
まるで理想通りの美しさをすぐ目の前にして

寂しさに打ち勝とうとして
誘惑を目の敵(かたき)にして
頑な(かたくな)自分とさよならできるそのチャンスが来たのに

甘く切なく響く　君が弾くピアノのコードに
ひとつの濁りも無く
優しく僕を包んでくけど

何してたって　頭のどこかで
忘れ得ぬ人がそっと微笑んでいて
憧れで　幸せで　僕を捕まえ立ち止まらせる

誰一人として近づけないくらい
忘れ得ぬ人が胸を濡らしていく
心の岸辺で僕は今日も待ってる

君の望み通りに
そつなくこなす僕もいる
何食わぬ顔をして満足げに振舞えるだろう

本当はその方法が正しい道かもしれない
きっと後悔もするんだろう
だけどその手を引き寄せはしない

愚かだって自分で解っていても
忘れ得ぬ人が心に生きていて
優しさで　厳しさで　僕を抱きしめ立ち止まらせる

歳を取って自由を捥(も)がれても
忘れ得ぬ人だけが心にいる
その日が来るのをどこかで願ってる

何してたって　頭のどこかで
忘れ得ぬ人がそっと微笑んでいる

You make me happy

リフレインの声を酔いしれて聞いてる
古い80'sのラブソング
リメイクしたって噂なら知ってた
でもオリジナルを越えようがない

ど派手なメイクをしたシンガーが
切なく甘く振り絞り歌う
デジタルとアナログ　その狭間の時代に
響き渡った青春のサウンド

「懐古趣味…」だって君は停止ボタンに
指を置いて脅(おど)してくる
でも　You make me happy
そんな仕草見たら　たまんなくなってくるのさ

その当時の恋　思い出して
浸ってるって推理したろう？
違うよ少しだけ　何も怖くなかったあの日々が恋しいだけ

きみといるこの部屋が好き
きみのいるこの暮らしが好き
You are the one. We are the one.
　　今が好き

きっときっと　二人ならば
そう　きっと　ハッピーでいれるさ
導かれたように　今ここにいる二人
趣味はまるで合わないけど

きみといるこの時間（とき）が好き
きみのいるこの街が好き
You are the one. We are the one.
　　きみが好き

Jewelry

まるで　誰かがドブに落としたプラスティックのJewelry
それがこの想い　醜い光を放って
結局　拾い上げられなくたって
束の間　あの人の目に留まれば心は笑顔になる

沈むような気持ちがある
日々の中に滲み出た泥水に浸かって
でもどうか　あの人へと向かう想い
イノセントなまま誇らしく
輝いていたいの

残酷　優しさに飢えてるんで
扱いなれた振る舞いされれば

心は掻き乱れる

蓮華草(れんげそう)の花　野原に咲き誇って
故郷を思い出させる
人恋しくて切なくなる　泣きたくなる
　イノセントなままでどこかへ
　消えてしまいたい

沈むような気持ちがある
日々の中に滲み出た泥水に浸かって
でもどうか　あの人へと向かう想い
　イノセントなまま誇らしく
　輝いていたいの
汚れていく
街の中に噴き出た泥水に浸かって
でもどうか　あの人へと向かう想い
　イノセントなまま美しく
　輝いていたいの

REM

出口を探しているんですが、あなた知らないか？
僕は何故血を流してるの？

ロープで両手縛られてる時に見付けたナイフ
でも、その先の記憶がない

ここで何してるの？　僕はどこにいるの？
こんな場所に来るのを　望んだ訳じゃないんだ

ヘンゼルとグレーテルが迷い込んだ世界に
もう　dang-ding-dong dang-ding-dong dang-ding-dong
こんな自由を奪うような夢のない夢なら見たくはない
要らない要らない

シャングリラを探して旅していたんだ
もしかして君のいる場所がそう？

そこで何してるの？　君を愛してるよ
呼びかけてみても　まるで返答がないんだ

Where will you go?　怒ってるみたいに
背を向けたまま
dang-ding-dong dang-ding-dong dang-ding-dong
そんな理想と違うような優しくない女(ひと)なら居たくもない
要らない要らない

AとBにXYZも交差するよ　この絡まる三次元が現実
いい人も悪い人もないっていう理論
テキストにて今日も展開中

そこで何してるの？　君はどこにいるの？
ずっと探してるよ　君を愛してるよ

ここで何してるの？　僕はどこにいるの？
こんな場所に来るのを　望んだ訳じゃないんだ

ヘンゼルとグレーテルが迷い込んだ世界に
また　dang-ding-dong dang-ding-dong dang-ding-dong
どこに行こう。。　探してた僕はどこにもいない
こんな理想と違うような愛のない世界なら居たくもない
要らない要らない

出口を探しているんですが、あなた知らないか？
僕は何故涙流してるの？

WALTZ

「光」「夢」「微笑み」　さようなら
「闇」「絶望」「悲しみ」　こんにちは
商品に適さぬと　はじき落とされて
ベルトコンベヤーからのスカイダイブ

一人そしてまた一人　はじかれて
繰り返される審査（テスト）に離脱者は増える
ショーウィンドウに並ぶのは一握りだけ
指をくわえて見てるなんか嫌

いや　もしかしたら　ここの列の方が
選ばれし人の流れか？
そんな訳（わき）ゃない　自分が良く分かってる
嘆いて　泣いて（嘆いて 泣いて）
疲れて　眠って　wow wow wow

要求に合わせて変えられるスタイル
柔軟なとこが長所さ　履歴書のとおり
違う視点で見れば自分がないだけ
そこを指摘されりゃ　異論はないや

ワルツに乗せ　悲しき遠吠え
地平線を越え　響くがいい
誰も欲しくない　必要としないなら
耳を塞げ（耳を塞げ）
繰り返し繰り返し　wow wow wow

半透明のドレスで　力なくふらついている
頭の中の「あきらめ」という名の亡霊
そいつを優しく抱きしめて
冷たい体を温めて
朝まで　静かに　踊って
その後　この手で殺すぜ

ワルツに乗せ　悲しき遠吠え
地平線を越え　響くがいい
闇の中で虚しく踊れ
頭揺らして（頭揺らして）
胸を焦がして　wow wow
誰も欲しくない　必要としないなら
耳を塞げ（耳を塞げ）
繰り返し繰り返し　wow wow wow

進化論

この世界に生まれ持って携(たずさ)えた使命が
もしあるとしたら　それはどんなものだろう？
大それたものでは　きっとないな
だからと言って　どうでもいいことじゃ寂しい気もする

大小の様々な歯車が複雑に絡み合い
今日も廻ってる　あぁ　この世界　愛しき世界
君と廻してる

進化論では首の長い動物は
生存競争の為にそのフォルムを変えてきたと言う
「強く望む」ことが世代を越えて
いつしか形になるなら　この命も無駄じゃない

空を飛び　海を渡り　僕らの夢はまだ膨らむ

誰も傷つけない　優しい夢を　素敵な夢を
君に引き継げるかな？

　変わらないことがあるとすれば
　皆　変わってくってことじゃないかな？
　描かずに消した　読まずに伏せた
　夢をもう一度広げよう

空を飛び　月を歩き　それでも自然に脅(おびや)かされる
すべて受け入れて　見果てぬ夢を　素敵な夢を
君と見ていたい
今日も廻ってる　あぁ　この世界　愛しき世界
君と明日も廻していこう

幻聴

やっと一息つけるねって思ったのも束の間
また僕は走り出す
決してのんびり暮らすのが嫌いなわけじゃない
でももう一度走り出す

観覧車に乗っかった時に目にしたのは
地平線のある景色
そこで僕は手に入れたんだ
遮るものもない　果てなく広がる世界

夢から夢へと橋を架けて渡る
そんなイメージが駆け巡り

向こうで手招くのは宝島などじゃなく
人懐っこくて　優しくて　暖かな誰かの微笑み

遠くで　すぐそばで　僕を呼ぶ声がする
そんな幻聴に　耳を澄まし追いかけるよ

切り札を隠し持っているように思わせてるカードは
実際は何の効力もない
だけど捨てないで持ってれば
何かの意味を持つ可能性はなくもない

一歩　また一歩　確実に進む
そんなイメージも忘れずに

僕を手招くのは華やかな場所じゃなく
口下手で　人見知りで　ちょっと寂しがり屋の溜息
遠くで　すぐそばで　君の呼ぶ声がする
そんな幻聴に　耳を澄まし追いかけるよ

向こうで手招くのは宝島などじゃなく
人懐っこくて　優しくて　暖かな誰かの微笑み
遠くで　すぐそばで　僕を呼ぶ声がする
そんな幻聴に　耳を澄まし
また今日も　夢の橋を渡り追いかけるよ

遠くへと

１１０km／hを超えたところで車体がぶれて
アクセルを戻した　風の強い午後
首都高速を抜けて　さらにその向こうへと
目的地は心の赴(おもむ)くままに委ねて

遠くへと遠くへと自由を浴び走る
僕のことを誰も知らない　そんなところへと

カーブを曲がる度に　迷いをひとつ落としてく
そこからまた僕をはじめる

遠くへと遠くへと日常を捨て走る
まだ何も描かれてない地図を頼りに

真っ直ぐに続く道　またアクセルを開ける
抱えたもやもやは風に溶け
また僕がはじまる

I wanna be there

不眠症になりそうな寝苦しい夜が
ここ数日間続いて　あるとき思い立った
似たような瞬間は　これまでもあった
でも今回はリアルだ　昨日の自分にさよならさ

いちばんタフな靴を選んで
また　装飾のない服を着て
音楽は俺の頭の中で鳴らしてく

I wanna be there
「アホらしい」って　もう一人の俺が言うぜ
でも聞こえないんだ今は
I wanna be there
「アンタらしいね」って　微笑んで
さみしそうに見送ってくれないか

負けそうになった時の旅の道連れを
部屋中探して回った　でも結局見つからなかった

必要なものを　足りないものを
そうだ　そのままに感じること
「生きていること」にもっと感謝して生きていたい

I wanna be there
新しい出会いが待っている　もしかしたら素敵な運命の人が（笑）
I wanna be there
「アンタらしいね」って　手を振って
泣きながら見送ってくれないか

I wanna be there
「アホらしい」って　もう一人の俺が言うぜ
でも聞こえないんだ今は
I wanna be there
新しい出会いが待っている　そうさきっとこの旅路の上で
I wanna be there　I wanna be there
さみしそうに見送ってくれないか

Starting Over

肥大したモンスターの頭を
隠し持った散弾銃で仕留める
今度こそ　躊躇などせずに
その引き金を引きたい

あいつの正体は虚栄心？
失敗を恐れる恐怖心？
持ち上げられ　浮き足立って
膨れ上がった自尊心？

さぁ　乱れた呼吸を整え
指先に意識を集めていく

僕だけが行ける世界で銃声が轟く
眩(まばゆ)い　儚い　閃光が駆けていった
「何かが終わり　また何かが始まるんだ」
そう　きっとその光は僕にそう叫んでる

追い詰めたモンスターの目の奥に
孤独と純粋さを見付ける

捨てられた子猫みたいに
身体を丸め怯えてる

あぁ　このままロープで繋いで
飼い慣らしてくことが出来たなら

いくつもの選択肢と可能性に囲まれ
探してた　望んでた　ものがぼやけていく
「何かが生まれ　また何かが死んでいくんだ」
そう　きっとそこからは
逃げられはしないだろう

穏やか過ぎる夕暮れ
真夜中の静寂
またモンスターが暴れだす
僕はそうっと息を殺し
弾倉に弾を込める
この静かな殺気を感づかれちまわぬように

今日も　僕だけが行ける世界で銃声が轟く
眩い　儚い　閃光が駆けていった
「何かが終わり　また何かが始まるんだ」
こうしてずっと　この世界は廻ってる
「何かが終わり　また何かが始まるんだ」
きっと　きっと

未完

さぁ行こうか　常識という壁を越え
描くイメージはホームランボールの放物線
そのまま消えちゃうかもな
いいさ　どの道いつか骨になっちまう

思い通りに　いかないことがほとんどで
無理に足掻(あが)けば囚(とら)われの身の動物園
いつか逃げ出してやるのにな
尖らせた八重歯　その日までしまう

離れたり近づいたりして　当てずっぽうのパスワード
あと少しでロックは解除出来るはず
そう言い聞かせて狙うお宝

「いっそ飛べない鳥の羽なんか　もがれちまえばいい」
そう　ぼやいてみたって未来は手を差し出しちゃくれない
ここがどこだとしても
まだ出口まで遠くても
そのぬかるみを越え　きっと辿り着く
胸の中の約束の場所へ

ヘッドフォン　フルボリューム　地下鉄のホームで

目をギラつかす資本主義者の巣窟（そうくつ）へ
迷い込んできた鳥が
出口を探して飛び廻ってる

暴れたり　叫んだりして　噛みついてみんのはどう？
満ち足りた顔して見えても　実際みんな退屈そうだから

さぁユニフォームを脱いで自由を手にしたらいい
例えば僕は武将で慕った家来が寝返ったって良い
僕が誰だとしても
みんな遠くで笑っていても
自分が誰よりちゃんと分かってる
胸の中の約束の場所を

「いっそ飛べない鳥の羽なんか　もがれちまえばいい」
そう　ほざいてみたって試練は手を緩めちゃくれない
だから　もうユニフォームを脱いで　脱いで
自由　自由　自由!!
今日も僕は昇ってく
時に下り　また昇る
繰り返しながら　いつか辿り着く
胸の中の約束の場所へ

さぁ行こう　常識という壁を越え
描くイメージは果てなく伸びる放物線
未来へ続く扉
相変わらず僕はノックし続ける
し続ける

ヒカリノアトリエ

「雨上がりの空に七色の虹が架かる」
って　そんなに単純じゃない
この夢想家でも
それくらい理解(わか)ってる

大量の防腐剤
心の中に忍ばせる
晴れた時ばっかじゃない
湿った日が続いても腐らぬように

たとえば100万回のうち
たった一度ある奇跡
下を向いてばかりいたら
見逃してしまうだろう

さぁ
空に架かる虹を今日も信じ
歩き続けよう
優しすぎる嘘で涙を拭いたら
虹はもうそこにある

「一体何の意味がある？」
つい　損か得かで考えてる
でも　たった一人でも笑ってくれるなら
それが宝物

誰の胸の中にだって薄暗い雲はある
その闇に飲まれぬように

今日をそっと照らしていこう

過去は消えず
未来は読めず
不安が付きまとう
だけど明日(あした)を変えていくんなら今
今だけがここにある

遥か遠く地平線の奥の方から
心地好い風がそのヒカリ運んで
僕らを包んでく

たとえば１００万回のうち
たった一度ある奇跡
ただひたむきに前を見てたら
会えるかな

空に架かる虹を今日も信じ
歩き続けよう
優しすぎる嘘で涙を拭いたら
虹はほらそこに
過去は消えず
未来は読めず
不安が付きまとう
だけど明日を変えていくんなら今
今だけがここにある
きっと
虹はもうここにある

忙しい僕ら

泣いて　泣き止んで
また泣いて　笑って
忙しい僕らは日々をまた刻んでく

決めて　でも迷って
うやむやにして　また明日
だらしない僕だが
尚も希望は捨てない

高く舞い上がったボールも
必ず地上に落ちるように
それが良いことであっても
また　その逆でも
同じ場所に　とどまってはいられないから

あんなに魅力的に見えたのに
今は　もうどうだってよくなってる
それが悪いことであっても
また　その逆でも
次の場所に　進まずには生きれない

泣いて　泣き止んで
また泣いて　笑って
忙しい僕らは日々をまた刻んでく

忙しい僕らは
今日も　また

Your Song

花吹雪が舞うような
きらめく夏の陽射しのような　時は過ぎ
華やいでた想い出も
少しだけ落ち着きを取り戻した

君と僕が重ねてきた
歩んできた　たくさんの日々は　今となれば
この命よりも　失い難い宝物

ふとした瞬間に同じこと考えてたりして
また時には同じ歌を口ずさんでたりして
そんな偶然が今日の僕には何よりも大きな意味を持ってる
　そう君じゃなきゃ
君じゃなきゃ

苦手意識を持ってた　食べ物もスポーツも堅苦しい場所も
君が薦めるんなら無理なんかせず受け入れることが出来たんだ

時に僕が窮屈そうに囚われている考えごとに
なんてことのない一言で　この心を自由にしてしまう

飛び込んでくる嫌なニュースに心痛めて
また時にはちっちゃな事で笑い転げて
一緒に生きていく日々のエピソードが特別に大きな意味を持ってる
　そう君じゃなきゃ
　君じゃなきゃ

ふとした瞬間に同じこと考えてたりして
また時には同じ歌を口ずさんでたりして
そんな偶然が今日の僕には何よりも大きな意味を持ってる
　そう君じゃなきゃ
　君じゃなきゃ

　そう君じゃなきゃ
　君じゃなきゃ

海にて、心は裸になりたがる

ぼんやりただぼんやりと　海へと向かい心は走る
昨日あった嫌なことを　洗い流してきたい

重箱の隅をつつく人　その揚げ足をとろうとしてる人
画面の表層に軽く触れて　似たような毒を吐く

沈みかけたオレンジ色の太陽を背にして
僕の影が砂浜で踊ってる

全部把握したつもりでいても
実は何も分かっていやしないよ
今心は裸になりたがっているよ
消極的なあなたにも
上から目線のあなたにも
ほら世界は確かに繋がっているよ

生臭い海の匂いは　ロマンチックとは程遠いけど
デスクにいるより居心地が　良くてハイになる

冷静に自分を客観的にみる回路を外して
君の影も今僕と踊ってる

対照的と思っていても
実はあちこちが似ているよ
今心は裸になりたがっているよ
わがまま過ぎるあなたにも
自惚(うぬぼ)れが強いあなたにも
きっと世界はあなたに会いたがっているよ

嫌なやつだと考えていても
実はちょっぴり気になっているよ
今心は裸になりたがっているよ
可愛(かわい)げのないあなたにも
注目されたいあなたにも
きっと世界はあなたに会いたがっているよ
今心は裸になりたがっているよ

SINGLES

君は嬉しそうに　しばらく空を見ていた
東京タワーの向こうに
虹が架かって
で、そのあと僕の頬にキスした

僕は意外と　いろんなことを覚えてて
戻れないこと　よくわかってたって
何処かに面影を探してしまう

自分に聴かせるだけの口笛は
少しだけ寂しくて胸締め付けるメロディ

悲しいのは今だけ　何度もそう言い聞かせ
いつもと同じ感じの　日常を過ごしている
それぞれが思う幸せ　僕が僕であるため
oh I have to go
oh I have to go

どんな音楽も
痛快と話題の映画も

君の笑顔には敵わないってわかった
ねえ君はまだあの虹を覚えてる？

誰かの為に生きるって誇りを
僕に教えてくれたのは
君だけと言い切っていい

守るべきものの数だけ　人は弱くなるんなら
今の僕はあの日より　きっと強くなったろう
それぞれが思う幸せ　君が君であるため
oh you'll have to go

誰もが胸の中で
寂しさっていう名の歌を歌ってる
少し　もの悲しくて
人恋しくなるメロディ

楽しいのは今だけ　自分にそう言い聞かせ
少し冷めた感じで　生きる知恵もついたよ
それぞれが思う幸せ　僕が僕であるため
oh I have to go
oh I have to go
oh you'll have to go
oh we'll have to go

here comes my love

破り捨てようかな
いやはじめから　なかったものって思おうかな?
拾い集めた淡い希望も　一度ゴミ箱に捨て

飲み込んでおくれ　巨大な鯨のように
ああ僕は彷徨うピノキオの気分だ
何かが僕を変えるはずだって
夢見て暮らしている

輝く光じゃなくっても
消えることない心の灯りはいつも
君を照らしてる
祈るように　叫ぶように
この想いがはぐれないように

夢見た未来を波がさらっていっても
この海原を僕は泳いでいこう
here comes my love
here comes my love
君に辿り着けるように

灯台の灯りが　夜の海の向こう
強く優しく光を放つ
今の僕は　君を正しく導いてるかな？

答えはきっとグレーだ
描いて消すを繰り返した夢の地図を
風が引き裂いても
祈るように　叫ぶように
また流れに飛び込んでみるんだ

見上げた空には雨雲があるけど
その海原を誰もが泳いでるよ
希望を胸に吸い込んだら
また愛する人の待つ場所へ

あって当然と思ってたことも　実は奇跡で
数え切れない偶然が重なって　今の君と僕がいる

繋いでいたその手が離れてしまっても
見失わぬように君のそばにいるよ
希望を胸に吸い込んだら
また君と泳いでいこう
here comes my love
here comes my love
いつかきっと
僕ら辿り着けるよね

箱庭

ヒリヒリと流れる　傷口から染み出る
赤い血の色の悲しみが　胸にこぼれる

ジリジリ寂しさは　現実味帯びてくる
気づかぬふりはできない　でも認めたくもない

きっと僕が考えていた以上に
小さな箱庭で僕は生きてる

誰のための愛じゃなく
誰のための恋じゃなく
不器用なまでに僕はただ　君を大好きでした

明日には明日の風が吹くっていうけど
今日の太陽を浴びたい　月に見惚(みと)れたい

いつのまに過ぎ去っていた誕生日
祝ってくれる人がもういないことを知る

誰のための愛じゃなく
誰のための恋じゃなく
乱暴なまでに僕はまだ　君を好きで
残酷なまでに温かな思い出に生きてる
箱庭に生きてる

addiction

週末を跨いだ長い連休を前に
街は少し浮き足だって
行楽地を目指して渋滞が始まった
排気ガスを撒き散らして

windowに映り込んだ男は今
無表情を決め込んで自分を圧し殺してる

どんなに言い聞かせても
変われぬものがあるよ
欲しくてたまらないよ
more more more!
ほら　誰かが今日も
それを持て余してるよ

上級者は誰にも感づかれぬように
上手いことやってるらしい
あちら側の自分と

ここで生きる自分を
冷静にコントロールして

そろそろwooferに身悶(みもだ)えて
その衝動が今君の理性をぶち壊してく

今日は我慢出来ても
また手を出してしまうだろう
時々恐くなるよ
more more more!
さぁ　内なる声に
ほら　耳を澄ましてごらん

今日は我慢出来ても
また手を出してしまうだろう
決して満足なんか出来ないよ
more more more!
首を横に振ってみても
きっと拒めはしないだろう
欲しくて堪(たま)らないよ
more more more!

どんなに言い聞かせても
今日は大人しく出来ても
またすぐ欲しくなるよ
more more more!

day by day
(愛犬クルの物語)

愛犬クルは行儀良く主人を慕う
どんな時だって嬉しそうにその尻尾を振る
um 彼の顔なんて美味(うま)くないだろう?
扉開く度　駆け寄り舐めている

um 時には悲しみ
um 孤独に似た日々
固いベッドで分けあって
週末の度　助手席に乗り移動
何かを補いあうように暮らす二人

So day by day
And day by day
愛おしさはまた深くなっていくよ

愛犬クルは仲の良い夫婦が
こどもに恵まれず　それでやって来たという
でも　そのおかげでみんな幸せになったよ
綺麗だったあの女性がいなくなってからも

um 忘れぬ哀しみ
um 愛した人の匂い
今もソファに残っている
あの柔らかい膝の上の温もり
夢の中思い出すように深く眠っている

So day by day
And day by day
今もなお帰りを待っているの？
So day by day
And day by day
愛おしさはまた深くなっていくよ

And day by day

秋がくれた切符

風の匂いもいつしか　秋のものになってた
カーディガン着た君の　背中見てそう思う

公園の緑は　その葉落としはじめて
カバンの中に一枚そっと着地した

神様が僕らにくれた
何かの切符みたいだ
でも　どこへ行けというんだろう
この葉眺めて思う

茜(あかね)色の夕日は　綺麗で切なくて
このまま時間が止まればいいのにな

神様が僕らにくれた

何かの切符みたいだ
でも　なんの褒美なんだろう
今日も喧嘩したのに

神様が僕らにくれた
何かの切符みたいだ
君はまだ気付いてないんだな
その贈り物に

風の匂いもいつしか　秋のものになってた
寒そうにしてる君に　駆け寄り手を繋ぐ

himawari

優しさの死に化粧で
笑ってるように見せてる
君の覚悟が分かりすぎるから
僕はそっと手を振るだけ

「ありがとう」も「さよなら」も僕らにはもういらない
「全部嘘だよ」そう言って笑う君を
まだ期待してるから

いつも
透き通るほど真っ直ぐに
明日へ漕ぎだす君がいる
眩しくて　綺麗で　苦しくなる
暗がりで咲いてるひまわり
嵐が去ったあとの陽だまり
そんな君に僕は恋してた

想い出の角砂糖を
涙が溶かしちゃわぬように
僕の命と共に尽きるように
ちょっとずつ舐めて生きるから

だけど
何故だろう　怖いもの見たさで
愛に彷徨う僕もいる
君のいない世界って
どんな色をしてたろう？
違う誰かの肌触り
格好つけたり　はにかんだり
そんな僕が果たしているんだろうか？

諦めること
妥協すること
誰かにあわせて生きること
考えてる風でいて
実はそんなに深く考えていやしないこと
思いを飲み込む美学と
自分を言いくるめて
実際は面倒臭いことから逃げるようにして
邪(よこしま)にただ生きている

だから
透き通るほど真っ直ぐに
明日へ漕ぎだす君をみて
眩しくて　綺麗で　苦しくなる
暗がりで咲いてるひまわり
嵐が去ったあとの陽だまり
そんな君に僕は恋してた
そんな君を僕は　ずっと

皮膚呼吸

と、ある日
顳顬（こめかみ）の奥から声がして
「それで満足ですか？」って
尋ねてきた

冗談だろう!?　もう試さないでよ
自分探しに夢中でいられるような
子供じゃない

生意気だった僕なら　なんて答えてるんだろう？
ああ世界はあまりにも大きい

深呼吸して　空を見上げて　風に吹かれて
いつからか　砂に埋めた感情を
まだ生乾きの後悔を　噛み締める
I’m only dreamin’, but I’m only believin’
I can’t stop dreamin’
このまま　変わっちまう事など怖がらずに
まだ夢見ていたいのに…

高架下は怒鳴り声にも似た音がして
時間(とき)が猛スピードで僕を追い越して行った

意味もなく走ってた　いつだって必死だったな
昔の僕を恨めしく懐かしくも思う

でも
皮膚呼吸して　無我夢中で体中に取り入れた
微かな酸素が　今の僕を作ってる　そう信じたい
I’m only dreamin’, but I’m only believin’
I can’t stop dreamin’
このまま　切なさに息が詰まったときが
それを試すとき

出力が小さな　ただただ古いだけのギターの
その音こそ　歪むことない僕の淡く　蒼い　願い
サスティンは不十分で今にも消えそうであっても
僕にしか出せない特別な音がある
きっと　きっと

I’m still dreamin’
無我夢中で体中に取り入れた
微かな勇気が　明日の僕を作ってく　そう信じたい
I’m still dreamin’, I’m still believin’
I can’t stop dreamin’
このまま　苦しみに息が詰まったときも
また姿　変えながら
そう今日も　自分を試すとき

1992.5.10

1992.12.1

1993.9.1

—

my confidence song

1994.9.1

▶ Atomic Heart 066

01 Dance Dance Dance
02 ラヴ コネクション
03 innocent world
04 クラスメイト
05 CROSS ROAD
06 ジェラシー
07 Asia (エイジア)
08 雨のち晴れ
09 Round About —孤独の肖像—
10 Over

—

フラジャイル
また会えるかな

1996.6.24

▶ 深海 090

01 シーラカンス
02 手紙
03 ありふれたLove Story —男女問題はいつも面倒だ—
04 Mirror
05 名もなき詩
06 So Let's Get Truth
07 マシンガンをぶっ放せ
08 ゆりかごのある丘から
09 虜
10 花 —Mémento-Mori—
11 深海

—

Love is Blindness
旅人
デルモ

2000.9.27

2002.5.10

2004.4.7

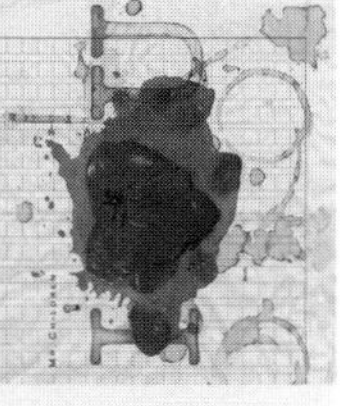

2005.9.21

2007.3.14

2008.12.10

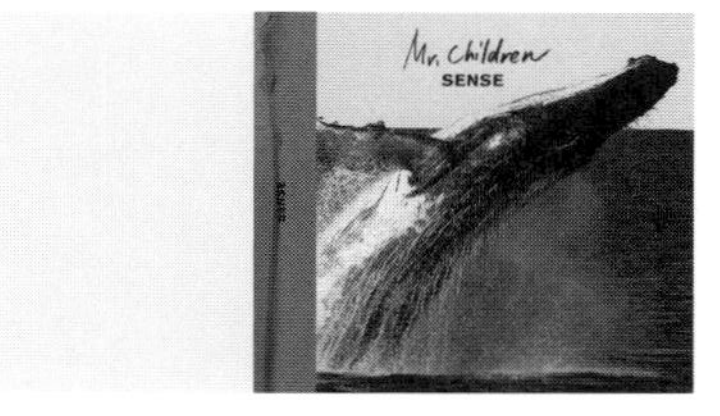

2010.12.1

02 擬態
03 HOWL
04 I'm talking about Lovin'
05 ３６５日
06 ロックンロールは生きている
07 ロザリータ
08 蒼
09 fanfare
10 ハル
11 Prelude
12 Forever

2012.11.28

▶ [(an imitation) blood orange] 372

01 hypnosis
02 Marshmallow day
03 End of the day
04 常套句
05 pieces
06 イミテーションの木
07 かぞえうた
08 インマイタウン
09 過去と未来と交信する男
10 Happy Song
11 祈り ―涙の軌道

2015.6.4

▶ REFLECTION 394

01 fantasy
02 FIGHT CLUB
03 斜陽
04 Melody
05 蜘蛛の糸
06 I Can Make It
07 ROLLIN' ROLLING ―一見は百聞に如かず
08 放たれる
09 街の風景

10 運命
11 足音 ─ Be Strong
12 忘れ得ぬ人
13 You make me happy
14 Jewelry
15 REM
16 WALTZ
17 進化論
18 幻聴
19 遠くへと
20 I wanna be there
21 Starting Over
22 未完

─

ヒカリノアトリエ
忙しい僕ら

2018.10.3

▼ 重力と呼吸
01 Your Song
02 海にて、心は裸になりたがる
03 SINGLES
04 here comes my love
05 箱庭
06 addiction
07 day by day(愛犬クルの物語)
08 秋がくれた切符
09 himawari
10 皮膚呼吸

All Lyrics Written by KAZUTOSHI SAKURAI

Without「All by myself」(Collaborated with TAKESHI KOBAYASHI)

「思春期の夏」(Collaborated with TAKESHI KOBAYASHI)

「蜃気楼」(Collaborated with TAKESHI KOBAYASHI)

「逃亡者」(Written by TAKESHI KOBAYASHI)

「皮膚呼吸」(English Lyrics / Translation by KEN MASUI)

Mr.Children are

KAZUTOSHI SAKURAI (Vocal & Guitar)

KENICHI TAHARA (Guitar)

KEISUKE NAKAGAWA (Bass)

HIDEYA SUZUKI (Drums)

Design: MASAKAZU ONISHI

Editor: ICHIRO SHINOHARA (BUNGEISHUNJU LTD.)

Mr. Children

一九九二年ミニアルバム「EVERYTHING」でデビュー。一九九四年シングル「innocent world」で第三六回日本レコード大賞、二〇〇四年シングル「Sign」で第四六回日本レコード大賞を受賞。「Tomorrow never knows」「名もなき詩」「HANABI」「足音－Be Strong」「himawari」など数々の大ヒット・シングルを世に送り出す。デビューアルバム「EVERYTHING」から、最新アルバム「重力と呼吸」まで、三七枚のシングル、一九枚のオリジナルアルバム、四枚のベストアルバムをリリース。

Your Song

二〇一八年一〇月 三 日　第一刷発行
二〇二三年 八 月一〇日　第五刷発行

著　者　Mr. Children

発行者　花田朋子

発行所　株式会社　文藝春秋

〒一〇二－八〇〇八
東京都千代田区紀尾井町三－二三
電話〇三－三二六五－一二一一

印刷所　凸版印刷

製本所　加藤製本

定価はカバーに表示してあります。
万一、落丁・乱丁の場合は送料当方負担でお取替えいたします。
小社製作部宛、お送りください。

ISBN 978-4-16-390769-7

JASRAC 出 1809678-801